KB096444

잊지 않음

잊지 않음

타인의 역사, 나의 산문

박민정 산문

작가정신

차례

들어가며

소설을 쓰겠소.

おれ達の幸福を神様にみせびらかしてやる

(우리들의 행복을 하느님께 과시해줄 거야)

그런 해괴망측한 소설을 쓰겠다는 이야기요.

흉계지요?

이상, 김기림에게 보낸 편지 중

지금은 없는 싸이월드의 내 미니홈피 대문에

오랫동안 걸려 있었던 문구.

일본어로 표기되어 있는, "우리들의 행복을 하느님께 과시해줄 거야"라는 문장을 (번역어로) 읽으면, 어김없이 눈물이 난다.

작가에게 산문집이라는 형식은 정말로 큰 용기가 필요한 것 같다. 살아오며 읽었던 무수한 산문집들을 떠올린다. 때론 인생을 바꾸자, 하며 떨쳐 일어나게끔 했던 문장들도. 그리고 아름다운 문장일수록 사위어갔던 저자의 이미지도. 인생을 끊어 팔며 글을 쓰지 않겠다고, 나도 그들처럼 다 까발려 보여주지만은 않겠다고, 한때는 비장했던 다짐들을 떠올려본다.

지금이 아니라면 쓸 수도 톺아볼 수도 그래서 엮어볼 수도 없는 글들을 모아보려 했다.

누군가의 마음을 감히 움직여보겠다는 정치적 의지는 접어두려 한다.

2021년 봄, 박민정

1부

나는 그저 가만히 있어,
담배도 피우지 않고 이렇게

여성시라는 장르 규칙1

외할머니는 나를 발足로 찼네 어서어서
구석으로 들어가
깊은 잠을 자라고 구석에서 너른 들판 메뚜기가
되어 뛰라고
어둠은 거대해서 내 눈은 반딧불이었는데 검은
자개장롱은 방 안 가득
아가리 디민 공룡 같았지
우산만큼 큰 문고리가 있다면…… 난 마른침을
삼키고……
낡은 왜정 시계추 소리…… 째깍 째깍……
메뚜기가 초원과 밀밭을 깎아

먹는 소리……

나는 물레를 돌리듯이 오지 않는 잠의 덤불을
쌓았네 그리고

해일처럼 밀려드는 죽은 자들의 친근한 목소리
아버지였는지도

몰라 「넌 어른이야」 그 따사로운 목소리

그렇지, 그렇게 키가 늘어났네 공간이 좁아지면
좁아질수록

쥐가 나는 다리에 초원과 밀밭 다시 무성해지고

덮쳐오는 어머니 홍, 홍수 가엾은 내 할머니 나
대신 지옥의

검은 덤불 쌓는 내 할머니 밤은 잠자리 날개
어지러워……

마녀의 주문으로도 태양은 떴지

반딧불 내 동공이 이를 닦고 세수를 하자 공룡
같던 장롱도

초원과 밀밭 어머니도 모두 몰고 가버렸지
그렇다네 그렇게 비참한 일도 없었다네

외할머니 팔에 안겨 밤새 코를 골던 사촌 여동생

단정한 머릿결로 학교 갈 채비를 하는데 아득히

보리 이삭을

　훑는 바람소리 나는 초조히 귀를 열었네

「넌 어른이야」

　무덤을 여는 다정한 목소리가 다시 내 손목을 꼭 잡아주었지

　나는 헝클어진 대가리를 책가방에 쑤셔 박고 눈에서 눈알을 빼고

　무덤을 향해 언덕을 올랐네 나지막한 개여울 황금빛으로 발길을

　적시고 눈알 없이도 마녀의 태양은 눈부셨네

　그렇지. 지금도 싸락눈처럼 사뿐한 새색시 버선발, 늘 들려오는

　속삭임

　「난 양수 속에서부터 어른이야」

박서원, 「무덤으로부터의 유년」•

이런 문장 앞에서 어떻게 맨정신일 수 있을까. "……나, 동트기 전에 좀더 끔찍해야 하리."(「苦行」)

또한 이런 문장들을 간혹 선물 받는 기분이라고 한다면. 안다. 시인에게는 선물이 아니었을 수도.

살면서 두 번째로 박서원의 저서를 접하게 되었던 건 대학 1학년 때다. 신입생 첫 학기에 기숙사에 살고 있었는데, 한 층 가득 모여 살던 여자 동기들, 내 방에 놀러 오던 친구들은 내게 책을 한아름 보내주는 언니가 있다는 사실을 부러워했다.

"그 언니가 알려준 사이트, 뭐였지? 속닥속닥, 인가? 나도 들어가보면 안 돼?"

나보다 이태 먼저 대학에 들어간 은영 언니는 똑같이 돈 없는 대학생이면서 이런저런 책들을 많이도 사다 보내주었다. 그래서 알게 된 페미니즘, 그래서 알게 된 최승자와 허수경과 이성복과 이연주와 김정란의 시들. 여성 신자로서 가톨릭을 어떻게 받아들여야 하는지, 그리고 사람들 앞에서 자신 있게 말할 수 있으려면 어떤 용기를 내야 하는지……. 나는 사탕 까먹듯 언니가 보내준 책들을 까먹으며 혼란스러웠던 스무 살을 보냈다. '속닥속닥,

- **박서원, 「무덤으로부터의 유년」, 『박서원 시전집』, 최측의농간, 2018, 95~96쪽.**

인가?' 친구들이 물었던 사이트는 고려대 여성주의 교지편집부 석순에서 운영하던 커뮤니티 '소곤소곤 다락방'이었다. 비밀 커뮤니티긴 했지만 그곳에 들어가보는 게 대단한 특권도 아닌데 남다른 아이를 보듯 부러워한 친구도 있었고 또, 여자들만 들어가는 커뮤니티에 들어가보는 애라고 나를 욕하던 남자도 있었다. 그 사람은 어느 해인가 은영 언니가 유럽 여행을 하며 내게 보낸 엽서를 두고, "니들 다 부르주아잖아, 거봐, 페미니즘 어쩌고 하더니"라고 지껄였다.

'아시시에서'로 시작되던 엽서의 문장.

언니는 그때 바게트를 쪼개 먹으며 끼니를 때우고 팔다리에 빨래를 널어 말리며 가난하게 배낭여행을 하던 중이었는데 그 '아시시'를 여행한다는 것도 그에겐 대단히 부르주아적인 일로 여겨졌던 모양이다. '유럽 여행 하면서 엽서나 주고받는 것들이 무슨.' 그랬다. 그렇게 말하지 않아도 알아! 너 돈 없는 것도 알고 민중이 어쩌고 하면서 사회학 책도 제대로 읽은 것 하나 없는 것도 안다고……라고 나는 말하지 못했지만.

언니가 기숙사로 보내주는 책들을 읽으며, 그게

얼마나 큰 애정이었는지, 내가 다시 누구에게 돌려줄 엄두도 못 낼 만큼 얼마나 깊고 도저한 애정이었는지 그땐 몰랐지만, 나는 20년 가까이 흐른 지금까지도 심장에 새길 문장들을 얻었다. 종종 은영 언니가 전해주던 이야기들. 최승자 시인 많이 아프시대. 민정아, 허수경 시인은 독일에 계셔.

언니가 보내준 책 꾸러미에 박서원의 시집이 있었다. 그리고 나는 이미 이 시인을 알고 있다, 고 생각했다. 시인은 우리 엄마가 좋아한 시인이었다. 엄마는 그녀의 출판 기념회에 가서 멀찌감치서 그녀를 보고 온 적도 있었다. 그리고 내가 중학교에 들어갔을 무렵, 엄마는 거의 날마다 그 책을 읽고 있었다. 『천년의 겨울을 건너온 여자』. 시인 박서원의 산문집이었다.

표지 전면에 꽉 채워 실린 시인의 초상 사진. 아직도 방금 본 듯 눈앞에 선하다. 띠지 카피에는 '미모의 젊은 여성 시인'인 그녀가 고백하는 충격적이고도 극적인 인생 역전이라는 문구가 가득 실려 있었다. 1998년 그때도 나는 '성폭행'이라는 단어를 알고는 있었지만, 정확한 의미가 무엇인지는 몰랐다. 어릴 때도 수사물이나 사건 파일 다큐멘터리

보는 걸 좋아했는데, 여성 피해자가 나오면 꼭 사건일지에 '성폭행'이라 쓰였으므로, 나는 남성이 당하는 건 폭행이고 여성이 당하는 폭행은 성폭행인 건가, 라고 생각해버렸다. 물론 생각 끝에 따라오는 미심쩍은 뒷맛이 강렬했지만 네이버 지식인에 물어볼 수도 없었던 시절이었으니.

박서원 시인의 산문집을 앞뒤로 수놓고 있던 뉘앙스는 바로 그 성폭력 사건의 살아남은 피해자라는 사실이었다. 엄마가 하도 열중해서 읽고 있었고, (자꾸만 성폭력은 '어른들 문제'라고 이야기하니까, 혹은 그렇게 오해했으니까) 나는 그 책을 건드려볼 엄두를 쉬이 내지 못했다. 엄마는 아직도 가끔 박서원 시인에 대해 이야기할 때, 그녀가 겪었다는 병인 '기면증'을 언급하곤 한다. 불현듯, 그리고 아주 지독하게 잠에 빠지는 병. 깊은 잠으로 도피한다는 것이 얼마나 강력한 비극인지, 얼마나 짜릿한 슬픔인지 나는 이제 아주 조금 알 것 같지만 그때는 미처 몰랐다. 내게 시인은 그렇게 표지 전면을 아로새긴 젊고 아름다운 여성의 표상으로, 절대적인 불행을 겪어내고 나서 이제 인생 따위에는 미련 두지 않겠다는 듯 덤덤하게 진술하는 생존자의 표상으로 남아 있었다.

여성시라는
장르 규칙2

그리고 박서원의 시를 처음 읽었다. 『난간 위의 고양이』와 『이 완벽한 세계』. 압도적인 시집이었다. 사실, 나는 시에 대해 어떻게 말해야 하는지 모른다. 소설에 대해서는 대충 어떻게는 말할 줄 안다고 생각하니까, 시인들이 이 글을 접한다면 어떻게 받아들일지 모르겠다. 사실 이제는 예전처럼 시집을 많이 읽지도 않고 달달 외는 시도 없다. 비평을 많이 읽는 편이지만 예나 지금이나 시 비평을 읽은 적은 별로 없다. 나에게 시는 너무 어렵다. 그런데 무식함을 무릅쓰고 말하자면 박서원의 시는 내게 압도적이었고 과학적이었다. 이걸 어떻게 설명할 수 있을까? 솔직히 말하자면, 나는 기억 속 여인의 초상처럼 슬픔에 사로잡힌 개인이 쏟아내는 비명으로 가득하리라고 생각했다. 하지만 그렇지 않았다. 너무나 정교했고 섬세했다. 또한, 『난간 위의 고양이』 뒤표지에 실린 김정란 시인의 말을 인용하자면, "그녀의 시는, 가장 격렬한 해체의 욕망을 가진 시인들조차, 〈차마〉라고 말하며 유지시키고 싶어하는 마지막 선까지 다가가 그것을 뒤흔든다." 그만큼 힘센 정념이 서려 있다.

어린 시절 베스트셀러 산문 작가로 접했던 박서원의 피어린 시집을 읽은 경험은 강렬했다. 이것이야말로 진짜였구나. 그런 생각을 했던 것 같다. 그랬기에, 나는 그해 수강한 시창작방법론 수업에서, 수많은 장르 중 하나로 분류된 '여성시'라는 카테고리에서 비중 있게 다뤄진 박서원 시인의 시를 좀 더 제대로 공부하고 싶었다. 우리 1학년들은 아무도 '여성시'를 발제하려 들지 못했다. '여성시'는 듣도 보도 못한 장르였고, 선생님들은 이런 '여성시'는 너희들 따위는 범접할 수 없는 어렵고 저 멀리 있는 세계라고 겁을 주었으니까. 해당 강의의 교수가 그의 삶에서 박서원 시인을 만났던 경험을 남달리 기억하며 또한 그녀에게 가졌던 애정이 깊다는 것은 느낄 수 있었지만, 나는, 내가 이미 알고 있는 '불행한 시인 박서원'이 아니라, 우리가 늘 그러듯 분석하고 학습하길 바랐다. 문학 전공생인 나는 그녀를 불행한 셀러브리티가 아니라 존경하고 배워야 할 선배 작가로 대하고 싶었다. 하지만 박서원을 다룬 수업은 그녀의 삶을 벗어나지 못했고 시편들은 증언으로만 설명되었다.

우리들 '문학 전공생'들에게 전설로 남은 몇 명의 작가가 있다. 전설 중에서도 일진을 맡고 계신 분들, 실비아 플라스도 그중 하나다. 문학사에서 드물게도 부부 중 여성이 먼저 이야기되는 사례. 엄연한 시인 테드 휴즈는 우리에게는 그저 실비아 플라스의 남편일 뿐이었다. 언젠가 테드 휴즈의 시론을 배우던 날, 우리들 머릿속엔 실비아 플라스 생각이 떠나지 않았다. 영부인이 아니라 영남편이라는 게 이런 걸까? 여하간, 어떤 작가가 전설로 기록될 때 그 이유는 다양하겠지만, 실비아 플라스의 죽음과 시, 실비아 플라스의 시와 죽음, 시와 죽음과 죽음과 시 중에 무엇을 뒷전으로 놓아야 할지 모른다. 나도 때로 실비아 플라스의 시를 손바닥에 꾹꾹

눌러 새기듯 읽었다. 훗날 강의를 하러 다닐 때
가끔 실비아 플라스의 「아빠」를 수강생들 앞에서
낭독하곤 했는데, "아빠, 이 개자식, 이제 부녀관계는
끝났어"라는 마지막 행을 읽을 때 열광하지 않는
수강생들을 한 번도 본 적 없다.

박서원의 시는 왜 그만큼 읽히지 않았을까.

등단한 후 어떤 자리에서, 누군가 박서원
선생에게 청탁 전화를 걸었다는 이야기를 들었다.
자세한 사정은 잘 모르지만 전화를 받은 박서원
선생은 웃음 지으며 "아직도 시 같은 걸 써?"라고
대답했다고 했다. (2000년대 후반 이후의 이야기고
이 역시 풍문일 수 있음을 죄스러운 마음으로
밝혀둔다.) 그 말을 박서원 선생이 진짜 했는지
여부와 상관없이, 나와 친구는 그 말이 더 이상
시 같은 걸 쓰지 않아도 좋을 만큼 이제는 정말
괜찮아졌다고, 이제는 살 만하다는 뜻이기를 그 순간
진심으로 바랐다. 그리고 얼마 지나지 않아 박서원
선생이 돌아가셨다는 이야기를 들었다.

첫 산문집을 여는 첫 번째 산문에서 나는
돌아가신 박서원 선생과 그 시에 대해 이야기한다.
감히.

내게 두려운 마음으로 길이 새겨진 여성 작가의 이미지가, 사실은 많은 사람들이 읽고 눈물 흘렸다던 그 산문집의 초상 사진이었다는 걸 이 글을 쓰면서 비로소 깨달았다. 생전의 박서원 선생이 정말로 원하든 원하지 않았든, 내게는 불행의 기록자이자 미모의 여성작가라는 이미지가 얼마나 불편했는지도. 작가가 되고 난 후 지금까지 내가 가장 두려워했던 것이 무엇이었는지도, 가장 그로부터 멀리 있고 싶었다는 것도. 불행을 겪어야만 작가라고 말할 수 있는 것 같은 세간의 이미지도 마뜩잖았고 특별한 삶 속에서 피땀 흘려 얻는 문장이라는 것도 싫었다고. 그냥 글이라는 건, 산문이라는 건, 소설이라는 건 학습하고 훈련해서…….

누구나 자기가 두려워하는 걸 가장 많이 떠들어댄다.

여성작가의 불행이(뿐인가, 알려진 여성 인물의 불행이란 것은) 거의 전부 성폭력을 매개하고 있다는 걸, 그리고 세상은 그 일이 왜 일어났는지 조사하고 고발하는 것보다 그런 일을 겪고도 살아남아 용감하고 청순하게 버텨주는 사람을 원한다는 걸 나는 정말 너무 싫어했다.

나의 산문들은 어쩌면 그 두려움의 방증일 수도, 하나의 징후일 수도 있음을 인정해야겠다.

그렇기에 과연 그러한 '작가 개인'의 재현으로부터 얼마나 멀리 도망칠 수 있었는지, 어디쯤 가서 뒤돌아보고 있는지 알고 싶었다.

나의 산문들은 어쩌면

그 두려움의 방증일 수도,

하나의 징후일 수도 있음을

인정해야겠다.

어디쯤 가서 뒤돌아보고 있는지 알고 싶었다.

기억의 간헐 작용

Il est un air pour qui je donnerais
Tout Rossini, tout Mozart et tout Weber,
Un air très-vieux, languissant et funèbre,
Qui pour moi seul a des charmes secrets.

Or, chaque fois que je viens à l'entendre,
De deux cents ans mon âme rajeunit:
C'est sous Louis treize; et je crois voir s'étendre
Un coteau vert, que le couchant jaunit,

Puis un château de brique à coins de pierre,

Aux vitraux teints de rougeâtres couleurs,

Ceint de grands parcs, avec une rivière

Baignant ses pieds, qui coule entre des fleurs;

Puis une dame, à sa haute fenêtre,

Blonde aux yeux noirs, en ses habits anciens,

Que dans une autre existence peut-être,

J'ai déjà vue... et dont je me souviens !

로시니, 모차르트

그리고 베버의 음악을 준다 해도

바꿀 수 없는 노래가 내게 있다

그것은 낡았고, 느리고, 구슬프지만

내게는 내밀한 매력을 준다

우연히 그 노래를 들으면 내 마음은

200년 젊어진다 — 루이 13세 통치 아래로.

보인다, 노란 석양이 비치는

굽이치는 푸른 언덕.

모서리가 벽돌로 된 성곽, 붉은 유리창들,

성곽의 넓은 정원.

성 아래를 적시며 꽃 사이로 흐르는

한 줄기의 강물.

그리고

높은 창가에 나타난 어떤 부인.

금발에 검은 눈동자, 오래된 의상.

그녀, 내가 전생에서 만난 적 있는

지금 내가 기억하는, 그 여인!

제라르 드 네르발, 「환상*Fantaisie*」

학부 졸업 학기에 나는 불문학과 전공수업을 들었다. 제라르 드 네르발의 소설과 시를 강독하는 수업이었다. 고백하자면 그때나 지금이나 나의 프랑스어 실력은 형편없다. 아니, 까막눈이나 다름없다. 알리앙스 프랑세즈의 샘플 수업을 몇 번 기웃거리고, 프랑스 영화를 자막 없이 보려고 노력을 기울였던 것을 빼고는 제대로 공부해본 적도 없었다. 불문과 교수님은 이미 원서 강독에 익숙한 4학년들을 대상으로 하는 전공수업에 겁도 없이 등록한 문창과 학생을 신기해했다. 그러나 프랑스어를 할 줄 모른다고 당당하게 대답하는 학생에게 수업을 방해할 생각 말고 나가라고 꾸짖지 않았다. 대신 첫 발제를 나에게 맡겼다. 소설 일부를 번역하고 원어로 한 번, 한국어로 한 번 낭독해야 했다. 영역본과 국역본을 참고해서 겨우 번역을 하고 더듬더듬 읽었다. 프랑스어 알파벳 발음을 겨우 흉내 내는 수준으로. 그러나 그 수업의 누구도 나의 흉측한 프랑스어 발음을 듣고 웃지 않았다. 한 학기 내내 나는 수업의 유일한 타과생으로서 '보호종' 취급을 받으며 수업에 참여했다. 지금 생각하면 어떻게 그런 일이 가능했을까 싶다. 졸업을 한 학기 남겨뒀는데 샐러리맨이 될 자신도 없고 작가가 되는 일은 꿈꿀 수도 없이 까마득해 보였던 당시, 대학 시절을 사로잡았던 혹독한 연애도 완전히 끝나버린 직후였다. 그런 절망감에 빠져 어지간한 일에는 부끄러움을 느낄 여유도 없었는데 정도가 지나쳤던 것 같다. 아직도 가끔 그 교실에서 더듬더듬 프랑스어를 읽는 꿈을 꾼다.

인용한 네르발의 시는 대학 시절의 마지막 시험 과제였다. 지금도 나는 그때 제출했던 번역이 얼마나 맞고 틀렸는지 제대로 알지 못한다. 단지 여러 번역본을 참고·대조하면서 만든 문장이었고, 시험

보러 가기 전 수없이 외웠기 때문에 아직도 주문처럼 떠오를 뿐이다. 특히 이 대목.

우연히 그 노래를 들으면 내 마음은
200년 젊어진다 — 루이 13세 통치 아래로.

이 대목을 장난처럼 농담에 이용하곤 했다.

가령, 처음 집회에 참여하던 때를 떠올리면 내 마음은 '노무현 참여정부 때로 10년 젊어진다' 같은 말. 네르발식으로 말했던 것이었다. 어느 해의 4월 30일에는 혜화동 마로니에 공원에서 종로까지 뛰다가 잠시 멈춰 숨을 몰아쉬었다. 그 무렵 이미 인생의 쓴맛과 단맛을 다 봤다고 여겼던 합평 시간이 어제처럼 기억난다. 낮에는 커피를 팔고 밤에는 술을 파는 청담동 고급 카페에서 며칠간 일하다 앞치마를 벗어던지고 쌍욕을 하던 스물두 살의 내가. 깊은 밤 떨리는 목소리로 전화를 걸어오던 한길가의 친구들. 네 마음 따위는 네가 알아서 하라며 냅다 전화를 끊어버리던 무정한 나도. 조금 더 젊어지면, 내일 세상이 종말하지 않게 해달라고 기도하며 잠이 들던 1999년 마지막 날의 내가. 아마도 1995년 이후 몇 년간 큰 건물에만 들어가면 "여기도 무너지면 엄청 죽겠다"란 말을 뇌까리던 내가. "결국 김영삼이가 됐네" 하던 말을 뒷좌석에 앉아 잠결에 듣던 겨울밤의 내가.

C'est sous Louis treize…… 나는 프랑스의 작가가 왜 이런 표현을 썼는지 짐작조차 할 수 없지만, 그 대목을 생각하면 끝도 없이 기억을 소환해낼 수 있다. 지금보다 더 젊고 젊은 시절, '루이 13세 통치 아래로'.

한편 이런 기억도 있다.

언젠가 한국문학사 수업 시간에 나는 1980년대 문학을 분석하는 발제를 맡았는데, 1987년의 '내 기억'을 덧붙여 썼다. 1987년에 나는 세 살이었다. 나는 어머니와 함께 시내버스를 타고 종로를 지나다 창문 틈으로 새어 들어오는 최루탄 냄새를 맡았다고 썼다. 확실하다면 인생 최초의 기억이다. 그러나 그때 나는 누군가에게 비웃음을 당했다. 다른 수강생들에게 잘 보이고 싶어 이야기를 꾸며낸다는 것이었다. '누가 봐도 소설이다.'

그럴 수도 있다. 어머니는 그런 일을 일일이 기억하지 못하고 그런 건 사진으로도 남아 있지 않다. 그러나 이렇게 변명해볼 수도 있다.

'히로시마 원폭 투하'는 1945년 8월 6일에 실제로
일어난 일이지만 같은 날 프랑스의 시골 마을에서
살아가고 있던 소녀에게는 아무런 의미가 없을
수도 있다.

소녀에게 그날은 전쟁이 끝난 날일 뿐
고통이 시작된 날이 아니다. 그러나 1959년의
히로시마로부터, 그녀에게 그날은 히로시마가 된다.
내게 1987년 역시 그러했고, 1991년, 1994년, 1997년,
1999년…… 무수한 해가 실제로 겪은 일을 넘어
분명한 단어들로 기록된다.

우연히 그 노래를 들으면 내 마음은
200년 젊어진다 — 루이 13세 통치 아래로.
살아보지 않은 시간들을 그렇게 가져간다.

나는 그저 가만히 있어,
담배도 피우지 않고 이렇게

잔혹한 순간을 어떻게 견디는지 아무나 붙들고 묻고 싶을 때가 있다. 가령 누군가와 핑퐁처럼 주고받던 아픈 문답이 잦아드는 순간, 할 말은 남았는데 말할 시간이 남아 있지 않을 때, 이제 상대의 말을 온통 뒤집어쓰고 나 혼자 남겨지는 순간, 눈물을 닦고 일과로 돌아가야 할 때, 추한 나와 외로운 시간을 어떻게 감당하고 사는지. 나는 간혹 명석한 저자들의 정제된 글을 볼 때도 그런 생각을 한다. 이 사람, 사적인 정념은 어떻게 처리하고 사는 걸까. 책상 앞에 앉기만 하면 지난 하루의 잉여 감정들을 전부 결산하고 명석하고 합리적인 저자로 돌아갈 수 있는 걸까. 나에게는 도무지 간단치 않은 일이다. 사적인 정념이 처리되지 않으면 어떤 글도 쓸 수 없다. 순간을 견디는 일은 평생 해결되지 못할 것 같다. 내처 지쳐 있는 마음으로 소설을 쓴다는 건 상상할 수도 없다. 나는 어떻게든 즐거운 일과를 보내고 싶다. 즐거운 일과를 통해 건강한 기운을 얻어 그 힘으로 책상에 앉고 싶다. 이렇듯 우울을 감당하는 일에 자신이 없어 나는 오랫동안 똑바로 사랑하지도 못하는 중이다.

최진영은 그런 내게 가장 멀리 있는 종류의 소설가다. 몇 년 전 홍대입구역 부근에서 우연히 그녀를 본 적이 있다. 다가가 인사를 건네려 했으나 그러지 못했다. 그녀는 겨울날 인파를 헤치고 바삐 걷는 중이었다. 분명 멀리서 아주 잠깐 본 것일 뿐인데 그날 그녀의 인상은 내 머릿속에 고정되어 있다. 그것은 누군가 공중에서 나를 본다면 내 얼굴은 어떤 느낌일까, 더러 생각하게 된 계기가 되었다. 우리는 간혹 전국고교생백일장 같은 행사 자리에서 함께 진행을 하기도 했는데, 주변 동료들과 왁자지껄 떠들고 농담을 나누는 나와 달리 그녀는 주로 가만히 앉아서 먼 데를 보거나 생각에 잠겨 있는 듯했다. 그런 순간들처럼, 겨울의 그녀도 먼 데를 보며 걷고 있었다. 내가 다가가서 언니 안녕하세요, 인사를 건네면 예의 온화하고 다정한 미소를 지으며 안녕하세요, 가만히 인사를 돌려주고 다시 걸음을 재촉해서 인파 속으로 사라져버릴 것 같은.

가끔 터무니없는 사랑이 끝나고 난 다음 우울한 기분 때문에 시간을 낭비할 때마다 나는 다짐하곤 했다. 무슨 일이 있었어도 다시 허리를 꼿꼿하게 펴고 걸어가면 된다고. 다시 인파 속으로. 부모님과 친구들과 거래처의 연락을 받고, 제시간에 출근을 하고, 끼니를 거르지 않으면 된다고. 그중 가장 잘해내고 싶은 일은 역시 인파를 헤치며 걷는 것이다. 행인들 중 누구도 새삼 돌아보지 않을 만큼 멀쩡한 표정으로. 아무 일도 없었다는 듯이. 내게 최진영은 언제나 그렇게 걷는 사람이다. 단 한 번도 사적인 대화를 나눠본 적 없었지만, 그녀는 어떤 나쁜 순간도 감정도 굳이 결산하려 하지 않고 덤덤하게 받아들이는 사람, 그래서 나 같은 종류의 인간으로부터는 가장 먼 데 있고, 내가 많이 부러워하는 사람이리라고 생각했다. 어떤 사적인 대화를 할 수 있는 자리가 마련되어 마주 앉고 보니 역시나 그랬다.

우울해도, 그냥 쓸 수 있어요?

중구난방 잡담을 늘어놓다 내가 가장 처음 한 질문은 그것이다.

나는 우울하면 못 쓰겠어요.

그녀는 나는 그냥 쓰는데, 라고 대답했는데 괄호 안의 말은 아무래도 '나는 언제나 우울하니까'인 듯했다. 나는 소설 속 화자(중심인물)와 현실의 나 자신을 강박적으로 구분해내려 하는 나의 습관을 털어놓았다. 소설 속 그 사람이야 항상 우울하지만 그런 인물을 만들어내는 나는 건강하고 즐거운 상태여야 한다고. 나는 이렇게 바꿔 물었다. 나는 이런 내용으로 두 번쯤 질문했던 것 같다.

그러니까 언니는, 소설 속 정조와 소설을 쓰는 기분이 일치해요?

그녀는 물론 그렇다고 답했고, 덧붙여 한 이야기는 하물며 『나는 왜 죽지 않았는가』란 제목의 소설을 출간할 당시에는 그 제목이 스스로에게 던지는 공격 같아 괴로웠다는 것이었다. 나는 그 대목에서 충격을 받았다. 그녀 앞에서 표시 내지는 않았지만. 지금껏 알아온 소설 쓰는 자들은 대부분 소설 속 인물로 포장된 어떤 존재 뒤에 전부 자기를 숨기고 있었기 때문이었다. 소설 속 인물은 죄다 발가벗겨놓고 현실의 자기는 그럴싸한 슈트를 갖춰 입고 있었다. 한편으로는 그럴 수밖에 없는 노릇이고, 나는 왜 그럴 수밖에 없는지 잘 알고 있다. 사실 모두가 잘 알고 있다. 소설은 에세이와 다르게 구성된 허구의 세계라는 장르적 특성부터 초고는 가슴으로 써도 재고는 머리로 써야 한다는 전언까지, 나는 온갖 변명거리를 알고 있다. 감히 인간에 대한 이야기를 하면서 실은 나라는 인간으로부터 출발할 수밖에 없는, 일단 나를 한번 발가벗겨봐야 시작할 수 있다는 것을 인정하기가 쉽지 않다. 적어도 나는 그랬다. 애초에 소설을 쓰기 시작한 이유가 나와 닮은 나의 적을 만들어 나를 비웃고 싶었기 때문이었으니까. 그러나 그것 역시 전부 '나'를 벗어날 수 없는 과정이라는 걸 알면서도 모르고 싶었고, 여전히 그러는 중이다.

나는 이런 생각에 사로잡혔고, 혼란스러웠으나 그래도 질문을 더 했다. 어떤 사람에 대해 더 알고 싶을 때, 내밀한 부분을 알고 싶을 때 흔히 하는 질문들이 뭐가 있을까 생각하면서.

언니는 하루를 어떻게 보내요?

아침 일정한 시각에 일어나서, 담배 한 대 피우고, 아무것으로나 끼니를 때우고(김밥 한 줄이나 삼분카레, 라면 같은 것) 가끔은 걷고, 종일 글을 쓰고…….

물론 나도 돈 벌러 나가지 않는 날에는 그렇게 지낸다. 그렇지만 나는 결코 대충 끼니를 때우지 않는다. 그래서 곧바로 질문했다. 아무거나? 아무거로나 먹는다고요? 그리고 우리는 한참 끼니 이야기를 했다. 삼분카레 같은 건 먹지 마세요, 나는 그녀의 건강을 걱정하는 양(실제로 그렇기도 했지만) 한참을 '대충 때우는 끼니'에 대해서 타박이 섞인 수다를 건넸지만, 실은 다른 생각을 주로 하고 있었다.

먹는 것도, 먹고사는 것도 부차적인 일이구나. 이 사람에게는.

'나는 그렇지 않다'는 것이다. 고백하자면 나는 심각한 콤플렉스 덩어리다. 나와 다른 사람을 만나면 나와 다른 점을 끊임없이 찾아내서 나를 낮춘다. 나에게는 먹는 일이 소설보다 뒤처진 적이 없었다.

'먹고사는 일'이 돈 벌고 저축하고 집을 사는 등등의 경제적인 활동의 관용구로 쓰인다는 점을 차치하지 않아도 그것이 소설보다 뒤처지는지에 대해 생각하면 자신이 없다. 나는 늘 맛있는 것을 먹고 싶고, 끼니를 훌륭하게 때우고 싶고, 그러려면 돈이 많이 필요하고, 돈을 벌려면 가끔 나쁜 짓도 해야 하고, 소설을 쓸 시간이 줄어들기도 하니까. 그런데 최진영은 밥도 대충 먹으면서 소설을 쓴다. 심지어 그 사실에 대해서 아무 생각이 없다. 연애 때문에 우울하기도 하고 소설 써서 받은 큰돈을 빚 갚는 데 썼고 만나는 친구도 많지 않고 밥도 대충 먹으면서, 그녀는 그 모든 것들을 받아들인다.

사실 그녀에게도 내게도, 소설보다 더 좋은 것이 없다. 먹는 게 소설보다 좋다, 는 내 말은 그저 수사에 불과하다. 다만 나는 돈도 잘 벌고 맛있는 것도 먹으면서 소설을 쓰고 싶은데, 그녀는 그러지 않을 수 있는 것이다. 나는 그게 부럽다. 소설 때문에 인생의 다른 부분들을 포기할 수 있을 정도로 훌륭한 소설가여서 부럽다기보다는(물론 그렇기도 하지만), 이런 사람이라면 어떤 잔혹한 순간도 잘 견뎌낼 수 있을 것 같아서다(물론 나는 지금 폭력적인 말을 하는 중이다). 마주 앉은 탁자의 물건이 커피에서 맥주로 바뀔 즈음 우리는 최진영 일상사를 '우울의 항상성' 이란 말로 요약하고 웃었는데, 정확하게 말하면 '우울에 대한 내성' 이었다. 신체에 자리한 깊숙한 우울이 더 이상 그녀를 해치지 않으리라는 믿음과, 그런 그녀에 대한 질투가 내게 생겨났다. 자기 우울을 가만히 지켜볼 수 있는 사람. 나는 그런 사람이 제대로 된 소설가라고 생각한다. 자기 불행을 가만히 개관할 수 있는 사람. 유난 떨지 않고, 도망가지 않고. 그런데 이상하게도, 그녀의 소설 『구의 증명』에 나오는 사람은 최진영처럼 살다가 나처럼 죽어가는 것 같다. 가령 나는 그러한 순간들이 못 견디게 좋았다(소설에 대한 평가가 아니라, 인물들의 행위에 대한 주관적인 기분을 쓰는 것이다). '담'의 몸을 속속들이 상상하면서도 오히려 손대지 않는 '구'. 구가 그 여자랑 우산을 함께 쓰고 가는 것을 멀리서 지켜보는 담. 가만히 있다. 그들은 가만히 그 순간을 견딘다. 그게 좋았다. 비가 내리는 후덥지근한 늦봄 어느 날 나는 최진영의 신작을 읽었고 종이가 눅눅해지는 것 같았고 그만 울고 말았다.

어쩔 수 없이 옛 연애의 순간들을 개관해야 했다. 그들처럼 어린 날에 사랑을 시작하고 곧 다 부수던 순간들이 생각나서. 나는 만지고 싶으면 만졌고 배신당한 것 같으면 악다구니를 썼다. 멀리서 지켜보거나 가만히 기다리는 법이 없었다. 관계가 시들해지면 얼른 결산하고 싶어서 남은 정마저 떼내려는 듯 난리를 쳤다. 우울을 가만히 지켜볼 자신이 없어서. 그러나 그들은 서로를 기다리고 지켜본다. 작중 인물을 만들어낸 작가 최진영이 현실 속에서 자기 일상을 덤덤히 바라보듯. 내 마음이 왜 이럴까, 나는 왜 불행할까, 너는 나에게 무엇이냐, 굳이 묻지 않는 그들은 그러나 말미에 치열하게 질문한다. 대체 잘못한 것도 없는 내가 왜 불행해져야 하며, 너는 나에게 무엇이고 어떤 의미냐며. 기억이 나의 미래, 기억은 너, 너는 나의 미래이므로 '나'는 '너'를 먹어야만 살겠다는 결말(소설의 구성상 결말은 아니지만)은 꼭 나 같은 사람이 사는 방식 같다. 언제나 견딜 수 없으므로 비겁한 방식으로라도 도망쳐야겠는 나 같은 사람의 사랑법이나, 생활양식 같다.

그러나 구와 담이 비겁하다는 이야기가 아니다.

이 글에서 비겁한 자는 오직 필자인 나 자신뿐이다. 나는 많이 웃고 많이 말하며 잘 살고 싶어 한다. 한편 잘 살고 싶다는 욕망이 무척 부끄럽기도 해서 그것을 들킬까 봐 불안하고, 어쩌다 연애 같은 것을 해서 본래의 내가 까발려지면 그 사실로부터 도망가기 위해 무던히도 애쓴다. 그러나 최진영은 그저 받아들이는 것 같다. 밥이야 삼분카레랑 같이 한 끼 때우면 그만이고, 언제나 우울하기 때문에 굳이 우울한 것을 비관할 필요도 없고, 소설에서 표현되는 것이 두렵지도 않다. 그녀는 이렇게 말하고 있었다. 어느 순간 나는 몇 년 전 홍대입구역에서 내가 만난 그녀의 얼굴이, 잊히지 않았던 그 인상이 내게 뭘 말하고 있었는지 알아차렸다. 나는 이렇게 가만히 견디고 있어, 그저 가만히 있어, 담배 한 대에 우울을 위탁하지 않아도 나는 견딜 수 있어, 마치 그렇게 말하는 것 같았다는 걸. 물론 아닐 수도 있다. 그러나 이렇게 대상화하는 것이 대상의 속성을 박제하는 사랑의 폭력과 어느 정도 닮은 것 같아 즐겁다.

최진영은 내게 뜨거운 감자 한 알을 손에 쥐고 미소 지으며 그것을 바라보는 사람이다. 쥐지도 못하고 버리지도 못해 저글링이나 하는 나와 다르게 그녀는 손바닥 피부가 다 벗겨질 때까지 그것을 움켜쥐고 가만히 견디는 사람이다. 나는 내 상상 속 이러한 그녀의 모습이 못 견디게 좋았다.

우리처럼
그들도

근처의 한 여학교는 아직도 교칙이 엄격한 모양이다. '아직도'라고 이야기하는 까닭은 요즈음 학생들은 적어도 두발이나 복장 제한에 관해서 과거보다 훨씬 자유롭다고 알고 있었기 때문이다. "머리카락 자른다고 공부 잘합니까!"라는 구호는 우리 세대를 가슴 떨리게 했던 선전 문구였다. 타고난 갈색 머리를 강제로 염색당해야 했다거나, 머리카락을 묶고 있는 상태에서 부지불식간에 그것을 잘렸다거나 하는 이야기를 요즈음 학생들은 거의 호랑이 담배 피우던 시절의 전설로 듣는다. 그러나 근처의 여학교는 사정이 조금 다르다. 간혹

나는 이렇게 가만히 견디고 있어,

그저 가만히 있어,

담배 한 대에 우울을 위탁하지 않아도

나는 견딜 수 있어,

마치 그렇게 말하는 것 같았다는 것을.

한 무리의 학생들을 보면, 모두 단정하게 자른 머리카락에 심지어 학교 이름이 크게 적힌 양말을 신고 있다. 눈대중으로 봐도 치마를 접어 입었거나 피부가 비치는 성인용 스타킹을 신은 학생이 없다.

이타적인 감정이 아니라 전부 자신에 대한 연민이라는 것을 미리 밝혀두고 이야기하자면, 하얀 양말을 접어 신은 그 학생들의 어린 복숭아뼈를 보면 가끔 가슴이 아프고 다가가서 무거운 가방을 들어주고 싶다. 옛날의 어느 교실에서, 떨어뜨린 물건을 줍기 위해 책상 밑으로 고개를 숙일 때면 무수히 지나가던 희고 붉고 노란 맨다리들을 다시 보는 기분이기 때문이다. 나는 비교적 교우 관계도 원만했고 성적도 나쁘지 않았고 모든 교직원들과 친하게 지내는 학생이었지만 학교라는 공간은 그저 패배의 원천, 패배의 주근主根으로 남았다. 촌지를 안 가져다준다고 대놓고 차별하던 교사들, 급식비를 면제해주는 대신 사무 보조를 강요하던 교사들, 가난한 살림에 반장으로 선출되면 혼나던 학생들의 경험이 직간접적으로 신체에 각인되었기 때문이다. 훗날 사회에서 겪을 모든 패배가 이미 학교에서 재현된다. 너희들은 공부만 하면 되지 무엇이 걱정이냐, 라는 말은 지극한 망각의 결과다. 떠올려보면 과거는 지금보다 참혹하다. 굳이 왕따, 가난, 줄빠따를 체험한 학생이 아니더라도.

학생 인권은 몇 번을 말해도 모자람이 없다. 머리카락 기른다고 자유롭지는 않을 것이다. 나는 잊지 않기 위해 여학생들의 복숭아뼈를 끝없이 감각한다. 그것이 내 것이었다는 걸 잊고 '요즘 애들 편하다'라는 말을 하지 않기 위해서.

병에 대한 불안감

어린 시절 내게는 몸에 있는 점의 개수를 세어보는 버릇이 있었다. 웅크리고 앉아 몸 구석구석을 훑어보며 셈하고 있는 나를 본 어머니는 금세 점을 세는 중이라는 것을 알아채고 꾸짖곤 했다. 그런 짓을 하면 점이 더 많아진다, 는 주술적인 이유였다. 사실 자주 웅크리고 앉아 멍하니 시간을 보내는 모습이 부모님 마음에 들지 않았을 것이다. 눈 밑에 크게 난 점을 두고 눈물점이라 흉하다는 타박을 받기도 했다. 그건 괜한 일로 눈물부터 터뜨리는 나약한 성정을 꾸짖는 말이었을 터다. 고등학교를 졸업할 무렵에 성형외과에서 얼굴에 난 점을 죄다

빼냈지만 성격이나 운명이 바뀐 것은 아니다.

옷장을 열어두면 남편이 도망간다거나, 문지방을 밟으면 아버지 허리가 아프다거나 하는 관습적인 표현들이 있다. 일상에서의 부주의한 습벽들을 지적하려는 은유라고 생각한다. 언어유희에 가까운 것이다. 그러나 어머니가 자주 사용했던 주술적 표현들 가운데 언제나 마음을 아프게 하는 말은 "병에 안 걸린다고 과신하면 병이 온다"는 것이다. 허약한 체질이라 자주 앓지만 병원에 가면 아무런 결과도 얻어낼 수 없던 나는 차라리 명확한 병이 있었으면 좋겠다고 주워섬기곤 했다. 그럴 때면 골골대는 사람이야말로 장수한다고 나를 비웃던 어머니는 손사래를 치며 그런 말일랑 삼가라고 주의를 주는 것이다. 내과에서, 산부인과에서, 치과에서, 안과에서 항상 조금 예민할 뿐이며 아무런 문제가 없다는 진단을 받을 때 나는 안도하면서도 "이렇게 멀쩡하다니 검사비가 아깝다"라고 뇌까렸다. 정말이지 치기 어린 말이다. 그토록 말조심하기를 바라는 어머니의 마음과 달리 나는 무슨 말이든 하고 보는 것이다. 뿐만 아니라 몸과 마음이 아파질 때면 곧장 병원에 가는 것이 아니라, 신체의 어느 구석에라도 병이 깃들어 있을 것 같다는 기분에 젖어 인터넷으로 예후를 검색한다. 검색 결과 펼쳐지는 사람들의 진술이 꼭 내 몸에 대한 이야기인 것 같아 불안감에 시달리는 것이다. 살아온 내내 정작 병이 아니라 병에 대한 불안감에 시달렸지만, 의학적으로 문제가 없다는 명료한 진단은 부모님을 몇 번이고 안심시켰을 것이다. 거래명세서처럼 확실한 진단 결과와 부모님의 주술적 표현은 이렇듯 끊임없이 길항한다.

실패할 것을 알면서도

수경.

그리운 사람 이름 같다.

어릴 때도 그렇게 생각했다면 좋았을 텐데. 그럴 여유가 없었다. 수경水鏡은 내게 무서운 물건이었다. 살아오면서 대략 일곱 번쯤 수영 강좌에 등록했고, 매번 한 회만 듣고 포기했었다. 헤엄치는 방법을 배우려면 일단 물속에 얼굴을 집어넣어야 하는데 그 단계에서부터 무너졌다. 초등학교 저학년, 처음 등록했던 수영 강좌의 강사는 무척 성마른 남자였다. 그 시절에는 어디서든 그런 강사를 볼 수 있었다지만 그는 숱하게 어린아이들을 벌세우고 엉덩이를 때렸다. 나는 맞기 싫었다. 쭈뼛거리며 턱을 담그는데 그가 머리통을 붙들고 물속에 밀어 넣었다. 발버둥을 치며 빠져나와 타일 바닥에 앉아 울었다. 다른 애들은 맞고 견디며 배우는데 나는 한 번도 그래본 적이 없었다. 그때부터 나는 수영 강좌를 듣지 않고 도망 다녔다. 수영 가방을 탈의실에 두고, 마음 맞았던 친구랑 샤워장에서 놀았다. 인기척이 들리면 사우나장으로 숨었다. 수영복을 입은 여자애 둘이 어두컴컴한 사우나장에 숨어서 온갖 비밀 이야기를 하며 놀았다. 샤워장까지 남자 선생이 쫓아왔을 리는 없었지만 인기척이 들리면 잔뜩 긴장해서 몸을 웅크렸던 기억이 난다. 나는 그때 이후로 최근까지 수영을 배우지 못했다.

첫 수영 강좌에서 어떻게든 배웠다면, 이라는 생각을 끊임없이 했다. 그랬다면 그 후 몇 번이나 물에 빠져 죽을 뻔했던 순간은 아마 없지 않았겠나. 수영할 줄 모르고 물에 뜨지도 못하는 사람들이 제법 많은 걸 알았지만, 내게 수영은 정말이지 꼭 도전해보고 싶은 것이었다. 대학 때까지도 나는 수영 강좌에 등록했다 도망 나오기를 반복했다. 남은 시간들은 꼭 사우나에서 때웠다.

처음 배울 때 그걸 그렇게 다 견뎠다면. 다른 애들이 그러듯. 타일 바닥에 손을 받쳐 얼차려 자세를 하고 엉덩이를 맞고, 강사의 폭언을 묵묵히 뒤집어쓰고 물속에 머리를 박고 꾹 참고 견뎠더라면. 나는 헤엄도 칠 줄 몰랐지만 바다나 수영장에 놀러 가는 걸 좋아했다. 대학 신입생 시절 여름에 동기들과 부산에 놀러 갔는데, 해운대 바다에 들어가 신나게 노는 동기들을 보며 나는 백사장에 하염없이 앉아 있었다. 그때 동기들은 나더러, 오기 싫은 애를 억지로 끌고 온 것 같다고 했지만 나는 그 시간을 충분히 즐기는 중이었다. 다만 아무렇게나 팔을 잡고 다리를 걸어 물에 빠뜨려도 곧장 웃으며 벌떡 일어나는 친구들을 보며, 옛날 일을 떠올리기는 했었다.

초등학교 6학년 때 성당에서 여름캠프를 갔다. 실외수영장에서 노는 시간이 있었다. 나는 언제나 그랬듯 수영복을 입고 수모에 수경까지 걸쳤지만 물에 살짝 발만 담그고 앉아 있었다. 사람이 많았다. 우리 본당 친구들이나 주일학교 선생님들 말고도 수많은 사람들로 붐볐다. 별안간 모르는 아저씨가 다가와 나를 툭 쳤다. 넌 왜 친구들이랑 안 놀고 그러고 있어? 나는 대답했다. 전 수영을 못해서요. 그는 갑자기 나를 번쩍 안아 들었다. 여기까지 왔으면 친구들이랑 재미있게 놀아야지. 나는 낯선 사람의 팔에 안겨 공포에 질려 제발 내려달라고 했다. 저 진짜로 수영 못해요. 제발요. 제발요, 라는 말을 반복했다. 그는 나를 수영장 한가운데로 집어 던졌다. 그때 나는 30킬로그램도 안 나가는 작은 생물이었다. 어찌나 야무지게 집어 던졌는지 정말 한가운데 풍덩 빠졌다. 나는 물속에서 허우적댔다. 주변에서 놀던 아이들은 내가 혼자 일어서지 못하리라는 걸 몰랐다. 그 말들이 아직도 기억난다. 이것 봐, 완전 개헤엄이네. 아이들이 나를 구경하고 있었다. 허우적대는 시간이 길어지자 상황이 심각하다는 걸 알아챈 아이가 어른을 데려왔던 것 같다. 이야기를 듣고 몰려온 주일학교 선생님 중 더러는 울고 있었다. 꺼내진 나는 겨우 숨을 몰아쉬며 나를 집어 던진 아저씨의 인상착의를 열심히 설명했다. 꼭 잡아달라고. 꼭 좀 잡아주세요. 잡아다 뭐 어쩔 건지, 생각도 안 했으면서 나는 잡아달라는 말을 반복했다. 내가 담요를 덮고 안정을 취하는 동안 주일학교 선생님들은 수영장을 몇 바퀴

돌며 아저씨를 찾으러 다녔다. 찾지 못했다고 했다.

찾지 못했다는 것이 내게는 엄청난 공포로 다가왔다. 그는 왜 거기 가만히 앉아 있는 아이를 집어 던지고 수영장 밖으로 나가버렸던 걸까? 제발 이러지 말아달라는 아이의 간절한 말을 그는 왜 무시했던 걸까? 백번 양보해 그 사람 입장에서는, 인간이라면 누구나 물에 뜨게 되어 있다며 대수롭지 않게 생각했을지언정, 아이를 집어 던진 직후에 좀처럼 떠오르지 않는다는 걸 보면서도 왜 구하러 들어오지 않았던 걸까? 아니, 아예 지켜보지도 않았던 걸까? 물가에 널린 못생긴 돌멩이로 물수제비를 뜨듯 그렇게 모르는 아이를 냅다 집어 던지고 샤워장으로 가버렸던 걸까?

그런 질문들이 아직도 내게 육박하는 순간이 있다. 그럴 때면 나는 내가 경험했던 폭력의 순간에 존재했던 다른 사람들에게 그러하듯이 그저 조용히 그를 저주할 뿐이다. 그 한낮의 햇살, 어디선가 성큼성큼 걸어오던 모르는 아저씨. 그런 일이 있었지만 그 이후에도 나는 물놀이를 하러 갔다. 그때만 한 일은 아니어도 튜브에 바람이 빠지거나 파도에 휩쓸려 물에 빠진 적이 더러 있었다.

매번 위험한 상황이었고 죽을지도 모른다고도 느꼈지만, 그때만큼 심각하게 놀라지 않았고 늘 금세 구조되었다. 콧속에 물이 밀려 들어오고 숨이 아득해질 때마다 아…… 그때 그냥 꾹 참고 수영 배울걸…… 생각했다. 언젠가부터 신체에 각인된 강렬한 기억이 수면에서 나를 한발 물러서게 만들었지만, 나는 늘 그런 상황을 예감하고 있었던 것 같다. 가만히 앉아 있는 나를 누군가 냅다 물 한가운데로 패대기치는 상황. 내 몸이 아직 실패를 몰랐던 때가 언제였을까. 나는 턱없이 얕은 물에서도 겁을 집어먹고 바보같이 일어나지 못하고 말 거야, 그 생각으로 이제껏 살아왔다.

지금 나는 다시 수영을 배우고 있다. 놀랍게도 한 달째 버티고 있다. 버틴다기보다 즐기고 있다. 나는 생애 처음으로 물속에서 편안하게 호흡할 수 있게 되었다. 부력을 제공하는 물건을 붙든 상태이긴 하지만 헤엄을 치기도 한다. 한 달 동안 나처럼 헤엄을 못 치고, 나처럼 진도가 느린 사람은 본 적 없다. 저녁직장인반 강좌에는 수많은 사람들이 신규 등록을 하는데 나보다 늦게 온 사람들이 벌써 많지만 나는 날마다 마지막 차례에 출발한다. 강사는 내게 아직도 물을 무서워하는 것 같다고 했다. 잠수하기 전 꼭 수면을 한번 쳐다보는데 그때 어깨가 바짝 움츠러든다고 했다. 강사는 그런 나를 똑같이 흉내 냈다. 그 상태로 들어가기 때문에 여전히 몸에서 힘이 빠지지 않고 자세가 흐트러진다고 했다. 그러나, 내게는 물속에서 잠시라도 편안한 호흡을 하며 어떻게든 헤엄쳐간다는 것 자체가 기적적인 일 같다. 첫날 물속에 얼굴을 넣을 때 강사가 나지막한 목소리로 말했다. 눈 뜨세요. 그러면 안 무서워요. 그때 나는 질끈 감은 눈을 조심스레 떴는데, 눈을 감았을 때와는 비교할 수 없을 만큼 마음이 편안해진다는 걸 느꼈다. 여기서부터 시작이다. 나는 생각했다. 물속에서 눈을 뜨고 숨을 쉬는 것이다. 깨끗한 수경 너머 보이는 수영장 물은 맑았다.

어릴 땐 수모나 수경이나 수영장에 입장하기 위한 소품일 뿐이었지 내게 어떤 기능을 제공해준다고 여겼던 적 없다. 물속에 얼굴을 넣어본 적이 없기 때문이다. 라식수술을 하기 전에는 한 치 앞도 잘 보이지 않을 정도로 눈이 나빴기 때문에 수경을 써봤자 온통 뿌옇기만 했을 것이다. 지금 내게 수경은 어린 시절 언제나 소중하게 다뤘던

안경과도 같다. 거의 날마다 착용하고, 김이 서리지 않게 관리한다. 수경을 쓰고 숨을 들이마시며 생각한다. 아주 오래전, 기억나지 않을 만큼 아득한 옛날부터 나는 언제나 겁쟁이였고, 패배에 익숙한 신체를 가졌고, 거의 매 순간 폭력에 노출되리라는 것을 예감했고, 그런 것들을 생각하면 이불 속에 숨어서도 무섭기만 했지만 이제는 다르다고.

몇 년 전 영화 〈한공주〉를 보며, 주인공인 공주가 수영을 배우는 장면에서 나는 목 놓아 울었다. 공주는 그 어떤 순간에도 후회하지 않기 위해 수영을 배운다고 했다. '갑자기 살고 싶어지는 순간에 후회하지 않기 위해서.' 내게 그것은 글을 쓰는 일이었다. 모든 것이 끝장난 순간에도 기어이 붙들 수밖에 없는 것, 그것을 가진 주인공 공주였기에 더욱 와닿았던 것 같다.

내게 글쓰기는 실패를 예감하고도 수행할 수밖에 없는 행동이다. 그런 점은 수영도 비슷한 것 같다. 나를 밀어내는 쪽으로 자꾸만 다가가는 것. 그럼에도 불구하고 계속 나아갈 수밖에 없다는 걸 내가 이미 알았다면 좀 더 편안한 마음으로 힘을 빼고 떠오를 수 있지 않았을까. 이제 한 계단 올라섰다.

'갑자기 살고 싶어지는 순간에

후회하지 않기 위해서.'

내게 그것은 글을 쓰는 일이었다.

대체될 수 없는 사람

언젠가 인기 가수가 자전 토크쇼에 나와서 이런 말을 했다. "결코 대체될 수 없는 사람이 되고 싶어요." 여러 가지 의미가 있겠지만, 맥락상 '한류스타'로 일컬리는 자신의 명예와 지위에 관한 이야기였으리라고 생각한다.

대체될 수 없는 사람의 자리. 언뜻 생각하면 매력적인 말이다. 그러나 재고하면 무서운 말이다. 한 사람의 자리가 영영 대체되지 않는다니. 어떤 경우에서든지 단 한 사람만 고정되어 앉을 수 있는 자리보다는 언제든 일어서 다른 사람에게 내주는 쪽이 더욱 매력적으로 느껴진다. 사람의 자리를 의자에 비유하면, 영원히 그것을 독점하는 사람은 마치 생기를 잃은 박물처럼 다만 앉아 있는 것 같다. 앉은 사람의 모습이 너무 압도적이다 보니 의자가 어떤 모양이었는지 잘 보이지 않는 경우도 많다.

나는 '사랑하는 사람'이라는 자리를 떠올린다. 지금껏 매혹된 소설 속 인물들은 제법 유연하게 사랑하는 사람을 바꿀 줄 아는 인물들이었다. 대표적으로 블라디미르 나보코프의 소설 『롤리타』의 화자인 험버트는 13세에 사랑한 소녀 애너벨을 잊지 못해 영원히 소녀만을 사랑하는 '저주'에 걸려든다. 그러나 애너벨은 결국 그가 '롤리타'로 칭하는 새로 만난 소녀 돌로레스 헤이즈로 대체되는 것이다. 소설의 말미까지 그는 영원히 그녀를 사랑하겠노라고 말하지만, 그것은 자신의 사랑 자체에 대한 맹세이지 다른 남자와 결혼한 소녀 돌로레스를 칭하는 것이 아니다.

사랑하는 관계에서 갈등이 일어나는 까닭도 대부분 대체 불가능성에 관한 것 같다. 서로를 독점하고 싶은 연애 관계라면 더더욱. 나는 당신에게 '미증유'하며 '유일무이'한 사람인가? 끊임없이 돌아오는 이런 질문 때문에 사랑은 오히려 갈등의 씨앗이 된다. 그러나 재미있는 것은, 그 질문이야말로 상대를 바꾸어가며 계속된다는 것이다. 결국 상대는 나에게 대체 가능한 존재인데 나는 상대에게 유일해야 한다는 건 이기적인 욕망일 뿐이다. 그러므로 인정해야 한다. 우리는 모두 서로에게 대체될 수 있는 사람이다.

하지 않는 쪽으로

직장인 표준 일과를 사는 대개의 또래들과 다르게 나에게는 일종의 휴지기가 있다. 이런저런 강의를 쉬는 여름과 겨울의 긴 방학 기간이다. 직업 특성상 출퇴근 시각을 스스로 정해야 하고 일을 미뤄봤자 손해 보는 건 자신이기에 일과 시간이라는 것이 큰 의미는 없지만, 이 긴 방학은 조금 다르다. 마음먹기에 따라 아무것도 '하지 않을 수 있는' 기간이기 때문이다. 특히 바깥 날씨가 추운 겨울방학은 정말이지 동면의 시간 같다. 평소에도 외출을 잘 하지 않지만 겨울방학이 되면 대개의 일정을 작파하고 거처에 틀어박힌다. 집중이 필요한

긴 원고를 쓴다는 핑계를 대지만 주로 여러 가지 생각을 하고 깊은 잠을 잔다. 지금도 그런 시간을 보내는 중이다. 연말에서 연시에 이르기까지의 기간은 특히 별다른 것을 하지 않고 '깊은 심심함'을 누리는 나날이다.

이런 시간을 보내는 자신의 모습을 받아들이게 된 것은 오래지 않은 일이다. 룸펜프롤레타리아트의 '룸펜'이 방에서 펜을 굴리는 자라고 종종 오해받는 것처럼 글을 쓰는 사람이 되기로 마음먹은 날부터 자기 얼굴에 적응하기가 어려웠던 것 같다. 아무리 열심히 일을 하고 있어도 아무 일을 하지 않는 사람으로 느껴지는 것이고, 특히 노동의 결과가 산업사회의 가치와는 거리가 멀기에 자책한 적이 많았다. 겨울의 휴지기를 인정하는 나조차 얽매인 것이 많다. 스스로 생각하기를 나는 다른 이들보다 비교적 근면하고 절약하는 편이며 음주를 즐기지 않아 이런 시간이 가능한 것이라고 믿는다는 점이 그렇다. 이런 핑계 자체가 '깊은 심심함'을 부끄러워하는 것이며 멀티태스킹 못하는 자신을 포장하는 것이리라 생각한다. 무용한 시간과 무용한 태도를 가치 없게 여기지 않기란 매우 어려운 일이다.

하지 않는 시간조차 하기 위한 시간의 동력으로 표현되기는 하지만, 진정 아무것도 '하지 않는' 것의 가치를 삶 속에서 증명하고 싶다고 생각한다. 돈을 벌지 않고, 굳이 의미 있는 경험을 하지 않고, 생산하지 않고, 사랑하지 않고, 삶에 변명하지 않고 쉬는 시간의 가치를 알 수 있을까? 허먼 멜빌의 『필경사 바틀비』를 굳이 인용하자면 "I would prefer not to", 그러니까 하지 않는 쪽으로 가는 것이 자세라기보다는 행위일 수 있다는 것을 알려면 한참 멀었다.

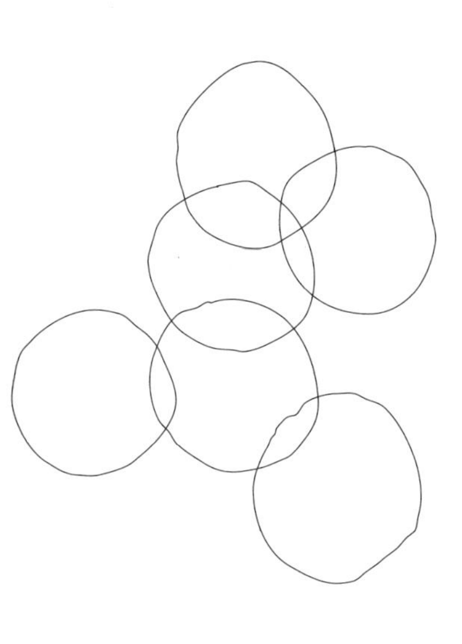

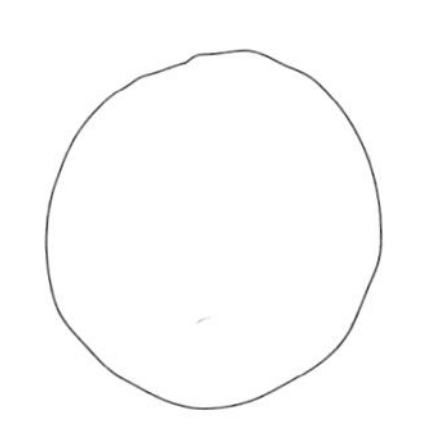

2부

타인의 역사, 나의 산문

타인의 역사, 나의 산문

그런 지식을 갖고 무슨 용서를 한단 말인가?
한번 생각해보라.
역사란 수없이 많은 교활한 글귀, 억지로 꾸민 통로들
그리고 이슈들, 살랑거리는 야망으로 속이는 것,
우리를 허무함으로 인도하나니.

T. S. 엘리엇, 「제론션*Gerontion*」•

• 라나지트 구하, 『역사 없는 사람들』, 이광수 옮김, 삼천리, 2011, 9쪽.

1954년 이승만 정부 당시 제정된 '고아·양자 특별조치법'으로부터 지금에 이르기까지 67년 세월이 흐르는 동안, '혼혈아 청소', '아이 수출' 등의 단어로 얼룩진 해외입양의 역사가 만들어졌다.

이 하나의 문장은 사실상 내 글이라고 할 수 없다. 인터넷과 논문 자료를 통해 만들어진 문장일 뿐이다. 나는 이것을 라나지트 구하의 『역사 없는 사람들』의 표현을 빌려 '세계의 산문'이라고 칭한다.

그리고 나의 산문이 있다.

1991년, 미취학 아동이었던 당시 나는 부모님의 잡담을 통해 한 가지 사실을 알게 된다. 바로 그 해외입양된 아동이 우리 가족 중에 있다는 사실. '고아·양자 특별조치법' 같은 것을 알 리 만무했고, 해외입양의 메커니즘이 어떻게 작동되는지 알 길이 없었을 때, 나는 그 사실을 알게 되었다. 아버지의 동생, 그러니까 작은아버지의 두 자녀가 해외로 입양되었다는 것.

'난민' 하면 내게 곧장 떠오르는 레퍼런스는 아직까지도 그 사실과 맥락을 같이할 수밖에 없다. 나보다 일고여덟 살가량 많았던 그 사촌 언니들을 본 적은 없다. 해외입양은 1985년 이전에 이루어진 일이었으므로. 부모님의 결혼식 사진에 두 꼬맹이가 기죽은 표정으로 서 있을 뿐이다. 그럼에도 나는 〈수잔 브링크의 아리랑〉 같은 영화를 보면서 주인공인 입양된 아이가 양부모에게 흠씬 두드려 맞는 장면이나, 아비 없는 아이를 가져 만삭으로 시장을 돌아다니다 굴러떨어지는 오렌지를 허겁지겁 줍는 장면에 깊은 충격을 받았다. 비록 영화라는 픽션으로 재현된 것이기는 하나, 저 장면에 내가 가한 잘못은 없나, 서툰 부채 의식을 가졌던 것이다. 나는 평생을 걸쳐 '해외입양'이라는 단어에 민감해왔으며, 사람은 누구나 사랑받을 수 있다는 말에 삐저린 회의를 품는다. 누군가는 그 누군가라는 까닭으로 결코 사랑받을 수 없고 '당연히' 버려질 수밖에 없다. 자의식을 동반한 말이겠으나 나는 '그 사실'을 알고부터 내가 바로 그 입양된 아이들과 같으며, 1985년 이전에 나는 한 번 부모에게 버려졌으리라는 생각을 한다. 아버지의 동생이 이혼한 전 부인이 낳은 두 딸과 아들 중 아들만 남겨두고 두 딸을 입양 보냈다는 것은 어린 시절의 내게 나도 언제고 그런 식으로 버려질 수 있다는 두려움을 안겨줬다. 아버지는 내가 그 사실을 눈치챘다는 걸 알게 된 이후 종종 '그날'을 술회하곤 했는데, '그날' 김포공항에 아이들을 배웅 나간 사람이 바로 아버지 자신이었다는 것이다. 어떻게 그런 끔찍한 일에 동의하며 참여할 수 있지? 나는 생각했다. 어머니는 두 조카가 입양되기 전 몇 달간 당신들의 신혼집에 머물렀던 일을 이야기해주었다. 어린것들이 어찌나 눈치를 보는지, 귤 하나를 까먹어도 이불 속에 숨어서 먹곤 했고, 당신도 젊은 나이에 신혼집에서 애 둘을 맡는 것이 불만스러워 가끔 아이들이 미워 보이기도 했다고.

작은아버지와 할머니가 주도하여 벌인 일이고, 만약 나도 '남겨진' 딸이었다면 그와 같은 처지를 면하지 못했을지도 모른다는 두려움. 가끔 뉴스에서 옛날에 행해지던 단체 해외입양 장면을 보여줄 때가 있었다. 초등학생 정도로 보이는 아이가 진달래색 한복을 입고 가슴에 무궁화를 꽂은 채, 입양될 가정이 있는 나라로 떠나는 비행기를 타러 가며 눈물 흘리는 모습을 보면 욕지기가 치밀곤 했다. 씨발, 무궁화는 왜 꽂아, 하며 나는 나지막하게 욕했고 사정을 아는 몇 친구들과 전화통을 붙들고 욕을 하기도 했다.

대학교 4학년 때는 이런 내용의 희곡을 썼다. 배경은 1987년 6월, 명문대 출신인 아버지는 동기들이 모두 학생운동에 참여할 때 학점을 따는 데만 열중하던 사람이었으나 어쩐지 그해 6월에는 집회에 참여한다. 나를 무등 태우고 명동성당에 찾아간 아버지는 학우들로부터 문전박대를 당하지만 끝내 그 역사의 현장에 머물러 있으려고 한다. 그리고 내게 속삭인다. '지금은 1987년 6월이야.' 입말로 하면 '팔칠년 유월이야'다. 성인이 된 나는 생각한다. 동갑내기 사촌 언니 '유리'를 해외입양 보낸 1987년 6월, '유리'라는 고유명사를 '1987년 6월', '팔칠년 유월'이라는 보통명사(그러나 그 함의가 고유명사의 수준에 이르는)로 잊게 하기 위해서, 나에게 억지로 민주항쟁의 기억을 심어줌으로써 그 일을 잊게 하기 위해 한 행동이었다고. 픽션과 사실이 뒤섞인 이 극본을 보고 당시 극작과 교수는 눈물을 흘리면서 내게 질문을 했다. 그는 그 시절 운동권 출신이었는데, 지금은 모두와 멀어진 이른바 변절자였다. "네가 1980년대를 아냐?" 나에게 그 질문은 결코 훼손되지 않을 현재진행형의 토픽으로 남아 있다. 사촌 언니들이 입양된 1983년에는 내가 존재하지도 않았고, 1987년 6월에 대해서도 나는 경험한 바가 없다. 그러나, 그렇다고 내가 그걸 또 모르는가?

나의 산문이란 언제나 내 육체가 거했던 그 당시에 완성되지 않았고, 내가 그것을 끊임없이 재의미화하며 성장해갔을 때 어느 날 비로소 만들어졌다. 1983년의 일은 2018년쯤 되면 더욱 명확해지고, 자료는 넘쳐나며, 발언은 꼿꼿해진다. 내게 '어른들의 비밀'에 가까웠던, 일종의 호러 괴담이었던 언니들 일은 2012년 무렵부터 급격하게 구체화되기 시작했다.

어느 날 아버지가 다급히 연락을 받고 나갔고, 돌아오자마자 내게 한마디 한다. "너 프랑스어 공부 더 열심히 해야겠더라." 아버지는 내가 대학 시절에 초급불어 과목을 들으러 다녔다는 사실을 알고 있었다. 그러나 그 말을 단번에 알아들을 수는 없었다. 그날 아버지가 다녀온 곳이, 국내 유일의 입양아동 담당서 남양주경찰서였고, 그곳에서 1983년에 떠난 언니들 중 한 명을 만나고 왔다는 것도. 그녀는 프랑스 사람이었다. 그 모든 내용을 압축하여 한마디로 내게 전달한 것이다. 아버지는

나의 산문이란

언제나 내 육체가 거했던 그 당시에

완성되지 않았고,

내가 그것을

끊임없이 재의미화하며 성장해갔을 때

어느 날 비로소 만들어졌다.

내가 그 사실을 예민하게 의식하고 있다는 걸 오래전부터 알았고, 그것이 가족의 일임을 감수하고서라도 언젠가 소설로 픽션화하고자 한다는 것도 알고 있었다. 아버지는 프랑스 국민이 되어 돌아온 언니에게 너무 많은 기대를 가졌던 것 같았다. 그녀가 한국으로 제 부모를 찾으러 돌아왔으니, 가족과 다시 교류를 하고 처음 보는 사촌 동생인 나에게도 이런저런 이야기를 해주리라고 기대했던 모양이었다. 그러나 며칠 후 다시 만난 그녀는 이렇게 말했다고 했다. "내게 가족을 찾고자 하는 의지는 없고, 부모를 만나고자 하는 의향은 더욱이 없으며, 단지 우리가 떠나기 전 함께 살았던 남동생을 찾고자 왔을 뿐이다." 삼남매 중 딸이라는 이유로 버려진 두 자매는 남동생만을 끊임없이 그리워했던 모양이다. "작은 남자아이가 하나 있었던 것 같은데…… 아이만 보고 싶다." 아버지가 내게 직접 전해준 워딩은 이것이었다. 평소 울지 않는 나는 그 이야기를 곱씹으며 눈물을 흘렸다.

나의 산문은 여기까지다.

쓰고 보니 어쩌면, '소설 같은' 이야기다.

부모님은 두 자매가 프랑스로 '함께' 입양되었다는 사실에 안도했고, 각각 직업을 갖고 있으며 결혼도 했다는 사실에 더욱 안도했다. 그녀들이 유일하게 보고 싶어 했던 막냇동생은 남양주경찰서로 가서 그녀들과 영어로 힘겹게 대화를 나눴고 이후 메일을 주고받았다고 한다. 입양된 사촌 언니들을 만나 소설의 거리를 찾아보겠다고도 생각한 미친 사촌 동생은 그 이야기를 전해 듣고 조용히 눈물을 흘렸다. 그때 소설의 윤리에 대해서도 생각해보아야 했다. 내가 오랫동안 그 사건을 마음에 품고 살았다 한들 내게 함부로 그것을 말할 자격이 있나.

그 질문을 바꿔보기도 했다. 그것이 어째서 내 일이 아닌가. 나는 그 사실을 알고 나서부터 '딸이라는 이유로 버릴 수 있는' 사람들이 친가 사람들임을 깨달았고, 두려웠고, 평생 스스로에게 각성하지 않았나. '내 이야기'를 픽션화하는 데 무슨 용기가 더 필요한가.

두 질문이 아직 남았다. 나는 살아 있는 한 그 질문을 내내 품고 있어야만 한다. '난민 문제'로 글을 써달라는 청탁을 받았을 때조차, 내게 난민의 이미지와 레퍼런스는 오직 두 언니들이며, 혹은 수잔 브링크이며, 모종의 이유로 모국에서 쫓겨난 사람들의 이야기 역시 그리로 소급된다는 것을 인정한다. 일곱 살, 여덟 살 무렵 떠난 두 언니들은 당연하게도 한국말을 하지 못할 것이다. 그들은 당연하게도, 한국인이 아니다. 그의 동생과 사촌 동생과는 다르게도.

'네가 1980년대를 아냐'고 꾸짖었던 교수에게 지금도 돌려주고 싶은 말이 있다. 나는 1980년대 초반엔 존재하지 않았고, 중후반에도 그저 생존하는 생물일 뿐이었으나, 그러므로 나는 1980년대를 몸으로 겪어내지 않았으나 그 시절 일어났던 일들에 대해 누구 못지않게 싸우고 있다고. 내 일생의 쟁투는 전부 내가 직접 체험하지 않았던 일들에 닿아 있고, 그것에 부끄러움도 부채 의식도 느끼지 않는다고. 왜냐하면 당신이 살았고 감각했던 1980년대는 당신에게는 지나가버린 한 시절일 뿐이지만 나에게는 여전히 미지의 영역이자 탐구해야 할 대상이므로. 지금 탐구하고자 하는 자에게는 당시의 당신에게보다 더 많은 자료가 주어져 있고, 조사와 검수를 통해 숨겨진 사실들이 밝혀진 바 있으며, 그러므로 나의 산문과 역사적

연대기로서의 산문이 일치하는 순간들이 더 많아졌다고. 개인사는 희미한 기억일지언정 나의 산문으로 재의미화되었다고.

그렇게 이야기하고 싶다.

얼굴을 보지 못한 난민인 내 사촌 언니들과, 아버지와 어머니, 작은아버지와 돌아가신 할머니에게도 죄스러움을 느끼며.

알지 못했던 세계에서

—나의 1990년대

1989년부터 2000년까지.

대략 이 시기가 내가 규정하는 '1990년대'라면, 우선 내겐 '1990년대'를 회상하는 일에 대한 두려움, 겸연쩍음이 있다. 그때 나는 고작 다섯 살에서 열여섯 살 정도의 어린 나이였고, 자기를 둘러싸고 있는 세계에 대해서 정확히 파악하지 못했다. 내가 즐겨 쓰는 표현으론, '의식 없는 살덩어리'에 불과했던 시절이다. 무엇에 대해 이야기하려면 그것을 잘 알거나 최소한 경험하기라도 했어야 한다는 생각이 드는데, 1990년대에 대해서 내가 아는 바가 거의 '없다'. 그러나 알지 못하는 세계에 존재했던 무지한 자에게도 원체험은 남아 있으니, 이 글에서는 그것에 대해 이야기해보고자 한다. 사실 2000년 이후에 성인이 되었지만, 아직 내게 2000년 이후의 시간은 그다지 밀도 있게 느껴지지 않는다. 2020년이나 되었지만. 마치 일본 청년들이 '나도 쇼와시대(1926년~1989년)에 태어났기에 버블을 경험했다'고 자조적으로 말하는 것처럼, 여하간 내게도 20세기에 태어났다는 자의식이 있다. 유년기의 모든 경험들은 1990년대의 정치·경제와 문화적 배경에서 무관하지 않을 테니, 2000년 이후를 성인으로 살아가는 나를 이루는 기반도 사실 그 시절의 영향 아래 있는지도 모르겠다.

나는 스스로를 소개할 때, 1980년대(민정당 집권 시기)에, 바로 집권당인 민정당사 옆에 있는 아파트에서 태어나자마자 한자는 다르지만 음이 같은 '민정'이라는 이름을 가졌음을 자주 밝히곤 한다. 군사정권의 집권여당과 같은 이름을. 그리고 내가 살아온 1990년대는 어쩌면 그런 종류의 무심함과 흡사한 시간들이었음을 자주 의식한다. '새천년'이라는 조어는 그 시기를 살던 사람들에게 어떤 비전을 주었나? 무슨 비전을 바라봤기에 그 시간을 그토록 무심하게 통과하기 바빴을까? 새천년 이후에 3G, 4G, 5G가 등장하기는 했다. 그건 내가 어릴 적에 무수히 상상하던 공상과학동화와 비슷한 무지막지한 미래라 해도 과언이 아니다. 그러나 1990년대는 아직 기왕의 야만이 떨쳐지지 않은 시기였고, 새로운 욕망과 그 야만이 손을 잡고 약한 사람들을 착취하는 시기이기도 했다. 소녀였던 내가 보기에는 그랬다.

그 시절을 청년으로 보낸 사람들에게는, '너바나Nirvana가 곧 정치였던', 문화연구자들이 말하는 '문화가 곧 정치·경제의 방증'이라는 사실을 오롯이 증명하는 시절이었는지도 모르겠다. 내가 대학 다니던 시절에도 종종 목격했던 '90년대 학번'들은 자신들이 1990년대에 대학 생활을 보냈음을 복잡한 심경으로 돌아보곤 했다. 80년대 학번들의 혁명에서 밀려나고, 무색무취의 '신세대'라는 이름의 감옥에 갇히거나 세기말과 IMF의 혼란스러운 컬래버레이션에 휩쓸렸던 세대라는 자의식이 그들에겐 있었다. 그러나 저간에 그 시절을 문화적으로 재현하려는 시도에서, 나는 이제 90년대 학번들이 재현의 권력을 가진 기성세대가 되었음을 느낀다. 너바나와 서태지가 그들의 투쟁이었다 해도, 1990년대 초반에 등단한 한 작가가 자신은 이제 기존의 작가들과는 다르게 계급이건 혁명이건 알 바 아니라고 선언하는 일이 가능했다 해도(그러나 그런 것들을 알 바 아니라고 할 수 있는 시대가 과연 있기는 한 걸까?) 내게는 남 이야기다. 1990년대에 성인이었던 자들이 자기 세대를 방어하기 위해 노력하는 동안 아이들은 뭘 느꼈나.

몇 년 전, SNS에서 "이렇게 입으면 기분이 조크든요" 제하 동영상이 인기였다. 1990년대에 촬영된 이 영상에서는 배꼽티와 핫팬츠 등 자유로운 옷차림을 한 여성이 등장해 다른 어떤 이유도 없고, 오직 이렇게 입으면 기분이 좋기 때문에 입을 뿐이다, 라는 내용의 인터뷰를 하고 있었다. 어떤 사람들은 이때보다 지금이 더 퇴보했다고 혀를 찼고, 그 영상 속 여성의 옷차림과 자신의 이십 대 시절을 비교하는 사진을 올린 사람들이 과거를 추억하는 글을 남기기도 했다. 1990년대가 여성들에게도 자유로웠던 시절이었나, 그렇게 여성들에게도 너바나가 가능한 시절이었나? 사실 내가 기억하는 건 숱하게 핸드백이 찢겨 귀가하던 젊은 고모의 모습, 어딘가에서 성폭행당할 뻔했다고 조카인 내게 귀띔하던 그녀의 모습을 보며, 성인 여성이 된다는 건 정글로 들어가는 일이구나, 나도 저렇게 면도칼로 테러당하는 인생을 살기 전에 죽어버렸으면 좋겠다, 생각했던 내 모습이다. 배꼽티를 입던 언니들이 지금은 어떤 인생을 살고 있을지 추측하며 슬퍼하기도 전에, 내게는 그 자유라는 것이 마치 신자유주의의 자유처럼 공허하게 느껴지는 것이다. 그건 마치 우리 사회와 너무나 구조적으로 닮아 있는 일본 사회의 조금 앞선 시기에, 가령 1980년대의 히트작인 '코카콜라' CF에서 묘사된 OL(Office Lady)의 즐겁고 활기찬 이미지가 새로운 산업사회가 직장 여성을 어떻게 착취했는지 세련되게 감추고 있는 것처럼 기만적이다. CF속 OL의 이미지는 몇 년 후 한국 코카콜라 CF에서도 똑같이 패러디되었다. 더 이상 '공순이'도 '술집 작부'도 아닌 도시 여성을 시사하는 듯한 OL에게 부여된 모순적인 이미지의 실체는 일본에서 간행된 『도쿄전력 OL 살인사건』에서 잘 확인할 수 있다. 내게 배꼽티를 입은 언니의 모습은 딱 그만큼의 자유를 허락하며 철조망을 쳐버린 당시의 여성혐오를 오히려 드러내는 듯한 모습이었다. 그 시절에 내가 만났던 젊은 사회인 여성들, 유치원과 학교와 학원 교사 들은 전혀 자유로워 보이지 않았다. 내가 느끼기에는 정확히, '언제나 면도칼로 가방을 뜯길 수 있는 위험에 처해 있는' 삶일 뿐이었다. 오히려, 1990년대가 주는 탈정치적인(그러나 혹자는 그것이 가장 정치적이었다고 말한다) 이미지는 그 시기에도 분명히 존재했던 폭력을 자연스레 포장한다. 더불어 내게 1990년대를 집약하는 강렬한 이미지는 임권택 감독의 〈노는 계집 창娼〉(1997)의 결말부 장면이다. 1990년대는 주인공 여성에게 몰락의 시기이기도 한데, 결말부에 그녀는 오토바이 뒷좌석에 타고 강남대로를 지난다. 1970년대부터 시작된 여성의 기구한 삶이 하나도 바뀌지 않았고 오히려 더 불행해졌는데, 그녀가 그 세계 바깥으로 나와 마주한 도시의 풍경은 예전과 비교할 수 없이 세련되게 바뀌어 있다. 마천루 사이를 멍한 얼굴로 지나는 그녀의 표정을 보며 나는 어린 시절 텔레비전에서 봤던 옛날 영화 속 기구한 여성들, 배우 한다고 서울 갔다가 강간을 당해 삶이 망가져버린 여성이라거나,

공장에 취업해서 동생들을 먹여 살리겠다고 하다가 남자를 잘못 만나 망가진 여성들(사실 〈창〉의 주인공인 성매매 여성의 삶도 다르지 않다)은 그대론데, 세상은 놀랍도록 그대론데, 도시의 모습만 바뀌어 있다는 것을 섬뜩하게 자각했다. 이게 바로 사이버펑크 아닌가. 마천루와 스카이워크가 즐비하지만 도시의 뒷골목은 그와 대비되어 더욱 처참하게 가난한.

1990년대가 모두에게나, 누구에게나 자유로웠나. 아마 그 누구도 그렇게 생각하지 않을 것이다. 어떤 사람들에게는 그 시기가 더욱 가난했고, 더욱 불행했을 테니까. 그리고 '이제 세상이 바뀌었다'는 환호를 함께 누릴 수 없고, 오히려 그 환호의 소음 때문에 더욱 웅크려야 했던 사람들도 있을 것이다. 내게는 1990년대를 즐겁게 소환하는 흐름이 조금 불편하다. 내가 무력한 아이로서 목격한 그 시절은 옛 영화에서 묘사된 1970년대, 1980년대의 어두운 정경과 별다르지 않았으므로. 나는 다짐했었다. 중학교에 가서 앞머리가 눈을 찌르면 날라리로 찍힌다고 경고받던 그 시절에. 내가 어른이 되면 저 여자들처럼 살지는 않으리라. 그리고 이제 2020년이 되었지만, 1990년대의 야만에서 얼마나 멀어졌는지 확신할 수 없다. 알지 못하는 세계에서 한참이나 멀리 왔는데도.

성난 얼굴을 돌아보기

—'여성혐오'에 대하여

이 글의 주제는 무엇이 되어야 할까. 혐오? 혐오발언? 혐오발언의 인터넷 커뮤니티 게시로 인한 확산? 각각의 주제가 서로 공유하고 있는 지점이 있고 분명 밀접하게 연관된 문제이기도 하지만 모두 조금씩 결이 다른 까닭에 한참을 망설여야 했다. 망설임 끝에 글을 시작하며, 이 글은 특정 주제에 대해 엄밀하거나 섬세하게 다룰 수 없으며 따라서 매우 거칠 수밖에 없음을 예비적으로 고백한다.

나로서는 저간의 '혐오' 관련 현상들이 전혀 낯설지 않다. 한국의 웹커뮤니티란 초고속 인터넷망 구축 이전에도 활발하게 움직여온 실체였고 약자에 관한 혐오란 유구한 역사를 가진 전통놀이, 그저 문화유산이 아니었던가? 우선 나는 저간의 현상을 새로워하거나, 매우 특수한 현상으로 여기는 사람들 혹은 의견을 보면 무척 놀랍다. 그들이 사는 세상은 내가 살아온 세상과 다른 곳이었던 모양이다. 그들이 봐온 인터넷 커뮤니티는 여태껏 내가 보아온 곳이 아니었던 모양이다. 물경 '일베', 일간베스트라는 커뮤니티 역시 그것의 과잉이거나 결핍일 뿐 애초에 새로운 괴물이 아니다. 요컨대 한국 사회에서 혐오와 관련된 일련의 행위들은 특수한 현상이 아니며 그것은 우리의 문화다.

나는 1998년 PC통신 '유니텔'을 통해 인터넷을 시작했다. 당시 중학생이었던 나는 학교 일과를 마친 후 집에 돌아와 부모님의 눈치를 보며 삼십 분씩 통신에 접속하곤 했다. 모르는 사람들과 텍스트를 통해 대화를 나눌 수 있으며 웹으로 구축된 각종 자료를 다운받아 볼 수 있는 신세계의 황홀경에 도취되어 있었다. 내가 알기로 PC통신은 '어른들의 세계'였고 특정 주제에 관해 의견을 발표하거나 취향 공동체를 구축하는 특유의 생태계는 매우 성숙하고 '문학적'인 세계였다. 그 세계에 발 디딜 수 있다는 것이 놀라웠고 기뻤다. PC통신을 시작한 지 며칠 후, 나는 공개 게시판에서 이러한 내용의 게시물을 발견하게 된다.

'이대생들 군대에 보냅시다. 힘들게 무장하고 행군하고 훈련받지 않아도 됩니다. 그저 가만히 누워만 있으면 됩니다. 그것으로 국방의 의무를 인정합시다.'

폭발적인 추천 수와 댓글 수. 내가 기억하기로는 그 글을 지적하거나 비난하는 의견은 없었다. 요즘 말로 하면 '사이다 같다'는, 속 시원하다는 반응 일색이었다. 재치 있게 일침을 가하는 글쓴이의 필력에 엄지를 보내는 의견들뿐이었다. 며칠 동안 나는 부모님과 약속한 통신 시간, 하루 삼십 분을 그 게시물에 달린 반응을 확인하는 데 썼다. '이대생'이 뭔가 큰 잘못을 저질렀나? 이화여대 학생이란 PC통신을 이용하는 대학생들의 반역자라도 되는 것인가? 나는 한동안 정말로 그렇게 생각했다. 여성인 내가 바로 그 '이대생'에 속해 있으며, '이대생'이란 이화여대에 다니는 학생을 뜻하는 고유명사가 아니라 여성을 의미하는 일반명사이고 그 명명은 끝없는 감수분열을 통해 혐오하는 누구든

지칭할 수 있는 관용적 표현으로 탈바꿈할 수 있다는 것을 깨닫게 되기까지는 너무 오래 걸렸다. 이후 된장녀, 보슬아치, 현재에 이르러 메퇘지 등에 이르기까지 혐오의 영혼은 오래도록 생존하고 있다.

유니텔 PC통신의 유머 게시물들, 이른바 '자작'임이 의심되는 수기의 내용은 이런 식이었다. 자신은 고등학생이며 수학여행에서 친구들이 보는 앞에서 평소 도도하던 학생회장 여학생을 강간하려 했다. 손에 피 묻히기 전에 말을 들으라고 했는데 끝내 여학생은 저항하더라. 그래서 실패했다. 앞서 소개한 게시물과 함께 내게는 강렬한 인상으로 각인되어 언제나 떠올릴 수 있는 게시물이다. 좀 더 솔직히 말하면 내게는 두 가지 이미지가 공존하고 있다. '그저 가만히 누워 있는…… 이대생', '손에 피 묻히기 전에 그냥 시키는 대로 해,를 종용하는 구경꾼 학생들', 마치 어디선가 실제로 본 것만 같은 이미지들이다. 이런 이미지는 내게 세상, 정확히는 한국 사회를 표상하는 이미지가 되었다. 1998년 PC통신의 '나쁜 통신 문화'가 만들어낸 질 낮은 결과물이라거나 유독 악랄한 게시물 작성자의 일탈이라고 치부하고 싶었으나, 그럴 수가 없다.

아직은 그럴 수 있는 세상이 아니다.

인터넷이 반드시 현실의 거울상일 리는 없다. 익명의 기계 주체, 새로운 '나'가 가능한 인터넷 공간에서 특히 커뮤니티의 일원이자 타임라인의 편집자로서 혐오의 흐름에 동참하는 현상도 충분히 있을 수 있다. 그러나 인터넷 커뮤니티의 혐오발언이 우리의 육체가 거주하는 현실에서 벌어지는 일상적인 혐오와 동떨어져 있다고 할 수 있나? PC통신을 하던 대학생들이 지금 중년이 되어 현재의 '일베'를 '요즘 애들' 취급하는 것을 보면 실소를 터뜨린다. 물론 미증유의 괴물 '일베'나 당신들, 혹은 우리가 실은 똑같이 혐오종자들이므로 일베만 저격하는 일을 그만두자, 라는 식으로 해석하는 의견을 봐도 마찬가지다. 우리의 유구한 역사, 인류 혐오의 역사 속에서 기세 좋게 울음 터뜨리며 탄생한 변종을 나와는 상관없는 어떤 특수로 대상화하는 일이 어이없을 뿐이다. 나는 '일베'를 처음 목도했을 때, 그들이 너무나 당연하게도, '광주의 희생자들'부터 먹잇감으로 삼는 것을 보며 이 커뮤니티는 우리 도덕의 최전선을 건드리는 집단이겠구나, 생각했다. 패륜의 끝을 상상하는 스너프 필름처럼. 그러나 그들이 심심찮게 길거리의 여성들을 사진 찍어 올리고 강간을 모의하던 수많은 남성 커뮤니티에서 갈라져 나온 종류라는 것을 망각하지 않는다. 이 글을 읽으며 '강간 모의'라는 말에 의문을 갖는 사람이 있다면 그에게 묻고 싶다. 당신은 '강간'을 무엇이라 생각하는가? 혹시 부부나 연인 사이에서도 강간이 일어날 수 있다는 걸 아는가? 피해자가 베개를 베고 누워 있었다는 이유로 무죄 판결을 받은 강간 사건을 아는가? 청바지를 입고 있었기에 강간이 아니라고 의심받은 건에 대해 어떻게 생각하는가? 수많은 약자에 관한 혐오 중에서도 여성혐오는 일상이며 문화다. '일베'는 악성 커뮤니티이자 혐오 집결지이지만 그 시작은 지금 여기에서부터였다는 걸 거듭하여 잊지 않을 필요가 있다.

　나는 여성으로서, 언제나 내가 '그저 가만히 누워 있으면 되는 이대생'에서 멀리 떨어져 있다고 생각하지 않는다. 여름 셔츠 안에 속옷을 제대로 받쳐 입었는지 검사한다며 30센티미터 자로 등을 슬슬 긁던 교련 선생으로부터 벗어나 대학에 가니 세련된 여성혐오자들이 기다리고 있었다. 사상사

교양수업 첫 시간에 학기 커리큘럼을 설명하며 마르크스, 푸코, 아도르노 등을 읊던 교수가 '그리고 나머지는 여성 사상가들, 페미니스트들'이라고 눙쳤을 때, 스물한 살의 나는 손을 들고 "선생님, 여성도 시민에 속하게 된 지 좀 된 걸로 아는데 그렇게 넘겨버리시면 됩니까?"라고 말해버렸다. 그때 대강의실 곳곳에서 웃음이 터졌고 몇몇 학생은 대놓고 나를 비웃기도 했다. 시 창작 수업 시간에 나는 「담배 피우는 여자」라는 제목의 시를 썼는데, "그녀는 단 한 번의 숨을 쉬기 위해 오늘도 숨바꼭질을 한다"라는 마지막 행을 보며 웃음을 터뜨린 교수는 "아, 너도 결국 이런 쪽으로 가는구나?"라고 말했다. 지금도 묻고 싶다. 결국 이런 쪽이 어떤 쪽인가?

〈베테랑〉(2015)이라는 영화를 보며 개인적으로 소름 끼쳤던 장면은 약자의 말을 베껴 위장 문자를 보내는 장면이었다. 피해자가 보내는 문자인 양 위장한 "힘없는 놈이 힘 있는 놈들 죄받게 하려면 이 방법밖에 없다"는 워딩wording을 사용한 자가 바로 그가 말하는 '힘 있는 놈'이었다는 것이다. 그들이 어떻게 하면 약자로 보일 수 있는지, 어떤 워딩을 사용해야 하는지 안다는 것이 내게는 무척 섬뜩하게 다가왔다. 물론 나쁜 사람은 무식한 사람인 줄로만 알았던 나의 무지가 언제나 문제다. '이대생들' 운운한 자의 게시물 역시 맞춤법 하나 틀리지 않고 기승전결 매끄러운 논리를 전개한 그럴싸한 글이었던 것이다.

지금 우리가 경계해야 하는 혐오발언도 바로 이런 종류의 워딩이라고 생각한다. 우리말 문법을 정확하게 지켜 세련된 비유와 수사를 구사하는 혐오, 진보의 이름으로 평등한 동지 혹은 누이라고만 여성을 환원하여 그 밖은 시끄럽거나 돼지 같거나 창녀 같거나로 일원화하는 혐오. 저간에 나는 그런 말을 자주 목격했다. 일베부터 때려잡아야지 왜 애꿎은 나를 혐오종자로 모느냐고, 그러면 여성 편을 들고 싶은 마음까지 없어져버리지 않겠느냐고. 좋다. 그것이 바로 혐오인 것이다. 그리고 내게도 그것이 있다. 평소 사용하는 수많은 단어와 표현에 의심 없이 섞어 쓰는 혐오가 있다. 그토록 지금까지 마치 당연한 듯 주류의 논리를 지탱하고 있는 노예처럼 생각하고 살아왔다는 것을 깨달았던 순간이 있었다. 그때 더불어 깨달았다. 왜 어떤 사람들은 내 말에 상처받았는가. 나는 그들을 그저 예민한 인간이라고만 치부하지 않았던가. 그들에게 나의 생각 없는 말, 무심한 모습이 분노를 먹고 사는 야차처럼 보였겠구나. 어떤 사람들은 이토록 무의식의 야차를 감당하며 살고 있는 것이다. 야차가 달려오는데 인간의 말로 응대해야 하기가 얼마나 곤란할지, 상상해야 하지 않을까. 어떤 이들에게 우리 사회는 도처에서 야차가 달려오는 사회이며, 야차가 달려오면 칼춤이라도 춰야 하는 것이다. 왜 그렇게 성을 내냐고 묻는 자신의 모습을 삼인칭으로 바라보는 일, 뿌리 깊은 혐오사회에서 선행되어야 하는 일은 그것이라고 나는 믿는다.

2019년 여름, 소비의 기억으로부터

1996년에서 1997년으로 넘어가던 겨울, 첫 일본 여행을 했다. 내가 여행한 곳은 후쿠오카와 기타큐슈였다. 당시 한국에서 천 원 정도 하는 음료가 일본에선 천칠백 원 정도로, 얄팍하고 수줍은 초등학생의 소비 감각에 비춰 판단하기에도 '엔고'였다. 하카타역에 있는 커다란 문구점에서 한국에서도 인기였던 하이테크-씨 펜을 대량 구매했고 일본식 술잔에 그려져 있는 춘화도 흘끔흘끔 구경했다. 여행을 전후해 일본의 초등학생과 몇 통의 펜팔 편지를 주고받기도 했는데, 그 아이가 동봉하던 스티커의 아름다움을 포함해 일본 제품은 내게 강력한 환상을 안겨주었다.
그 후 17년이 흘러 2014년에 나는 다시 일본을 여행했는데, 초등학생일 때와는 비교할 수도 없을 만큼 일본 제품이 주는 매력은 강렬했다. 그때쯤의 나는 갖고 싶은 것은 웬만하면 가질 수 있을 만큼의 경제력을 지니고 있었다. 더욱이 명품 가방이나 코트 따위도 아니고, 여행 중에 구매할 만한 생필품이나 문구류라면 뭐든 살 수 있었다. 여태껏 '일본에 와서 일본 제품을 사지 않고 뭘 했나', 생각이 들 정도로 나는 많은 물건들을 사들였다. 이후에도 일 년에 한두 번씩은 일본에 가서 사재기를 했다. 일본의 대형 쇼핑몰에서 흘러나오는 한국말, "요즈음 일본은 전에 없는 경제불황을 겪고 있습니다. 한국 손님들의 많은 소비를 부탁드립니다"를 들으며, 얄궂다고 느끼면서. 이때의 경험들은 단편 「행복의 과학」 「세실, 주희」 등에서 일본제 브랜드나 생필품에 매료되는 화자들로 쓰인다.

최근 몇 년간의 작품 활동을 통해 나는 종종 '일본학을 전공했느냐', '일본에 박식하느냐' 등의 오해를 받기도 하는데, 실은 일본에 대한 관심사는 앞서 이야기했듯 소비활동에서밖에 없었다고 볼 수 있다. 중고등학교 때조차 또래 친구들이 다 보는 일본 만화도 보지 않았고('덕후'가 아닌 여학생들도 다 보았던 〈세일러문〉, 〈카드캡터 체리〉도 보지 않았다) 유행처럼 번지던 제이팝에도 별다른 관심이 없었으며(오직 오키나와 출신임이 부각되며 천황제 퍼포먼스를 거부했다고 알려진 아무로 나미에에게만 조금 있었다면 모를까) 대학 때도 일본문학에는 전혀 관심이 없었다. 그런 내가 요즘은 간혹 '일본통'이라도 되는 것처럼 소개될 때도 있으니, 민망하기도 하고 죄스럽기도 하다. 나보다 훨씬 더 잘 아는 사람들이 많은데, 란 생각에서 오는 부끄러움이기도 하지만, 실은 단지 '일본제' 물건을 좋아하는 데서 모든 것이 출발했다는 의식 때문이기도 했다. 물론 따지고 보면 그것뿐만은 아닐 것이다. 나는 아무런 보상도 받지 못하고 일찍 죽어버린 강제징용 피해자의 손녀이기도 하고, 일본 역사를 읽는 것을 좋아하기도 했고 일본의 정당사와 심각하게 낮은 수준의 여성인권에 각별한 관심을 갖고 있기도 하니까. 그러나 일본제 물건을 좋아하지 않았다면 그런 단편을 쓸 수 있었을까?

그렇기에 내게 '일본을 불매한다'는 시민 구호가

울려 펴졌던 2019년 여름은 조금 특별했다. 2018년 10월 30일의 강제징용 판결, 즉 징용 피해자 개인에게 배상하라는 판결과 국내 일본 기업에 대한 압류 가능성을 시사한 이후 경색된 한일 관계에서의 일련의 사건들은 강력한 '일본 보이콧'에서 정점을 이뤘다. 이에 앞서 2015년의 이른바 '위안부 합의'가 있었고, 이 합의에서 일본 정부는 '최종적·불가역적 합의'라는 폭력적인 수사를 통해 전쟁범죄를 인식하는 턱없이 낮은 인권 의식을 어필했다. 이는 '전후 70주년'인 2015년에 아베 총리가 발표한 '전후 70년 담화'에서도 드러났다. 전쟁이 끝나고도 상당 기간 후 태어난 세대들에게까지 사죄를 계속하게 할 숙명을 짊어지게 하지 않겠다는 요지의 내용이었다. '위안부 합의'에서 사용된 '최종적'이며 '불가역적'인 합의, 사실상 다시는 전쟁범죄를 묻지 않겠다는 약속을 받아내고자 한 굴욕적인 이 합의가 모든 것의 시발점이었다는 분석은 정확하다. 이어진 일련의 사태들은 비로소 '전후 최악의 한일 관계'에 도달했다. '일본 보이콧'은 한국과 일본의 복잡한 관계를 압축적으로 명쾌하게 보여주는 사건이다.

처음 'No Japan' 운동이 타전하는 메시지들을

접했을 때, 나는 다소 당황했다. 강제징용 피해자들의 빼앗긴 몫을 되찾기 위한 정의로운 복수로서, 일본에서 생산된 상품을 구매하지 않으며 일본에 여행도 가지 않는 '애국 시민'들의 대중운동이라는 것이 내게는 퍽 위험하게 느껴졌던 것이다. 대형 자본에 대항하는 소비자 운동은 자유시장의 논리에서 유연하게 작동될 수 있는 자본의 우회 전략에 패배할 가능성이 높다는 의견들에 나도 동의하는 편이었고, 특히 일본에 대한 혐오를 결집의 기제로 삼은 '애국 시민'이라는 실체 없는 공동체는 일본 제품을 구매하거나 일본 여행을 가는 사람들을 뭉뚱그려 배제할 가능성이 높았고 일본 자본에 대한 적대감을 근거로 혹여 한국 자본에 대한 충성심이 강요될까, 불안했다. 초기에 '혼다'나 '도요타' 자동차에 대한 테러가 있었다는 보도나, '기린', '아사히' 맥주를 길거리에 쏟아붓는 퍼포먼스가 있었다는 보도 역시 이 움직임에 회의가 들게 했다. '혼다'가 아닌, '현대차'를 타자는 메시지나, '기린'이 아닌 '카스'를 먹자는 메시지가 계속 들려왔다면 나는 아마 이 글을 쓰지 않았을지도 모른다.

잠시, 내 이야기로 돌아간다. 나의 일본 여행은 2019년 봄의 도쿄 여행에서 멈췄다. 만약 이 사태가 아니었다면 2019년 여름이나 가을에도 나는 여행을 떠났을 것이다. 일본 여행을 가지 않는 것에 강력한 동기가 있었던 건 아니었다. 그 지점이 내게는 중요하다. 일본에서만 파는 값싸고 좋은 생필품 목록이 내게는 여전히 너무나 많고, 특히 일본 음식과 카페와 거리의 분위기를 좋아하는 나로서는 일본 여행은 언제나 매력적인 선택지였다. 큰돈과 시간을 투자해 다녀왔던 유럽 여행보다 내게는 훌쩍 떠날 수 있는 일본 여행이 더 좋았다. 대부분의 여행에 동행했던 친구가 일본어에 능통해서 편한 것도 있었지만, 조금만 무리해서 지출하면 '해외여행'이라는 예외상태에 놓일 수 있으며 관광지 일본에서의 경험이 대체로 쾌적하고 멋진 까닭이 컸다. 2019년 여름, 보이콧이라는 사태 이전에는 "인스타그램 게시물들을 보면 열에 여덟은 일본 여행 중이다"라는 말이 종종 들렸고, 실질적인 통계상 한국인 열에 일곱이 일본을 여행한다고 했다. 나를 포함해서 한국 사람들은 정말로 일본에 많이 갔다. 특히 경제력이 부족한 이십 대 청년들

사이에서도 비성수기 주말에 짬을 내어 일본을 여행하는 것이 유행했던 까닭을 생각해본다. 가장 설득력 있는 분석은 역시 먼 미래의 부동산을 위해 젊은 날을 굶주릴 필요가 없는(정확히는 지금 허리띠를 졸라맨다고 해서 미래에 부동산을 획득하리라는 희망이 없는, 그럴 기회조차 애초에 없었던) 경제불황 이후 성장한 지금 청년 세대에게 일본 여행은 너무나 손쉬운 선택이었다는 것이다. '까짓것' 조금 무리하면 가능한 가장 가까운 해외인 일본은 여행지로서 최적이었다. 그리고 일본 여행을 선택하는 일이 손쉬웠던 것처럼 거부하는 일조차 손쉽다.

2019년 여름이나 가을에 어지간하면 일본 여행을 하지 않았을까, 생각하는 일이 가능하듯, 가지 않는 일조차 너무나 간단했다. 여전히 특급호텔의 에스컬레이터나 엘리베이터에는 대부분 '도시바'나 '미쓰비시'라는 브랜드가 박혀 있지만, 우리의 일상생활에서는 일본제가 아닌 선택지가 너무나 많다. 한국 사람들은 일본제보다 값비싼 외제차를 어느덧 많이 소유하고 있고, 국산차 시장 역시 폭넓다. 나는 술을 마시지 않지만,

맥주를 즐겨 마시는 사람들에게는 맛없는 국산 맥주 말고도 값싸게 구입할 수 있는 번듯 외제 맥주가 많다고 했다. 그렇다면 나는 어떤가? 국산 화장품이 '시세이도'나 'SK2'를 도저히 따라갈 수 없다고 말할 수 있나. '로프트'나 '츠타야 서점'이 대체 불가능한 선택지로서 그 위상을 국내 문구류가 갈아 치울 수 없다고 말할 수 있을까. 신토불이 따위 주장하지 않아도 국내에는 일본제만큼 좋은 물건이 많았다. 내가 오랫동안 써온 일본제를 대체할 만한 소비재가 생각보다 너무나 많았다는 것이다. 일본제 불매운동의 차원에서 굳이 국산을 고집하지 않아도, 소비생활의 차원에서 거부와 용납을 두고 갈등하게 만드는 요소들이 딱히 없었다. 일본 여행을 갔고 일본제를 좋아했던 만큼 반대도 너무나 간편했다. 그리고 그 지점에서 나는 'No Japan' 운동이 촌스러워지거나 폭력적인 차별의 기제로 변질되지 않을 수 있는 가능성 역시 보았던 것 같다. 소비자운동이 갖는 한계를 전제한다고 해도 소비는 어디까지나 거부와 용납의 무수한 선택일진대, 일본을 선택한 것이 (정치적인) 이데올로기와 무관한 차원에서 이뤄진 행위라면,

그 역도 가능하지 않을까. 쾌적하고 멋진 일본 여행 중 아베의 '불가역적 합의'나, '어차피 큰돈을 쓰지도 않는 한국인 관광객들은 필요 없다'는 일본 관광청의 태도가 떠오른다면 그 여행이 계속 즐거울 수 있을까. 과거 나가사키를 여행하던 중 '군함도'를 상품화하는 가이드들이 '우리 할아버지들은 자랑스러운 노동자였습니다' 운운하는 데 나는 불편해지곤 했다. 지금의 한일 관계는 대단히 특별한 역사의식 없이도 이런 현실이 자각되는 경험들을 무시로 선사해줄 수 있는 가능성이 높다. 지금 아끼면 미래에 내 집 마련을 할 수 있다는 희망도 없이 살아가는 청년들의 '욜로' 정신이 그 불편함을 감당할 수 있을까? 감당할 필요가 있을까?

더욱이 불매운동을 하는 사람들을 민족주의적 바보 취급 하는 보수 언론과 일본 언론을 보며 나는 혼란스러워졌다. 한국 관광객이 안 오면 그 자리를 유럽 관광객으로 채우면 된다고 하는 일본 언론 프로파간다의 멍청함에도 놀랐다. 애국 시민이라는 실체 없는 공동체에 대한 공포가 그들에게 기회를 내준 것은 아닐까 싶었던 것이다.

여전히 'No Japan' 운동이 어떤 결론으로

이어질지에 대해서는 알 수가 없다. 다만 더 이상 반드시 일본산 재료를 쓰지 않고도 훌륭한 품질의 라멘이나 일본식 덮밥을 만들어낼 수 있는 수많은 국내 일식집에서, "우리는 일본군 성노예제 피해자와 강제징용 피해자의 아픔에 공감합니다"라는 문구와 더불어 국내산 식재료를 쓰고 있다고 덧붙이는 부분이 내게는 퍽 중요하게 여겨진다. 어떤 종류의 불편함이 분명히 있음에도 불구하고 일본을 계속 소비하게 만들었던 일본미美, 그 자본주의의 매력이 반감될 수도 있다는 것. 그 반감의 계기는 대단한 정의에서 비롯되는 것만이 아닐 수도 있다는 것. 2019년 여름에는 그런 것들이 무척 흥미로웠다.

제1세계에서
본 것, 느낀 것

2019년 1월 4일, 파리 동역(Gare de L'est) 제10구에 도착해서 짐을 풀고 동네 구경을 나갔다. 내겐 첫 유럽 여행이고, 평생 파리 시내에 관련한 괴담을 들어왔던 터라 잔뜩 긴장한 채였다. 도시에 관한 편견은 나를 더욱 무지한 사람으로 만든다는 사실을 알면서도 '쥐가 파리 인구만큼 많다더라', '여행객 3분의 1이 소매치기를 당한다더라'는 세간의 이야기에 귀 기울이지 않을 수가 없었다. 사실 동역에 도착하자마자 당황스러웠는데, 달리는 지하철 열차 안에서 구걸하는 소녀를 보았던 것이다. 대여섯 살가량밖에 되어 보이지 않는 소녀가 중년 남자와 함께 돌아다니며 행인들에게 손을 내밀어 구걸하고 있었다. 파리 시내로 들어서자마자 명백히 아동학대로 보이는 장면을 맞닥뜨린 나는 약간 충격을 받았다. 파리 북역(Gare de Nord)의 악명만큼은 못하다지만 시내의 대표적인 기차역 중 하나인 동역에도 노숙자와 지나가는 사람들에게 시비를 거는 취객이 많았다. 동역에서 젊은 남자가 내게 어디서 왔느냐고 말을 걸었는데, 워낙 긴장한 탓에 대충 코리안이라고만 대답하고 도망가버렸다. 그 후 프랑스에서 누구도 내게 어디서 왔느냐는 말을 걸어오지 않았다. 곱씹어 생각할수록 그는 위협적인 사람이 아니었다.

가방을 점퍼 안에 넣어 메고, 소지품을 절대 손으로 꺼내 들지 않으며 긴장한 채 늦은 밤 거리를 걸었다. 몇 번이나 취객이 접근해 왔다. 멸칭에 가까운 '마드모아젤'(여성을 속되게 부르는 말. 마담이 정식 호칭이다)을 외쳐대며, 알 수 없는 말을 떠들어댔다. 거리에는 가난한 사람들이 너무 많았다. 노숙하며 구걸하는 사람들은 물론, 빵집에서 버린 빵을 주워 가져가는 중년의 이웃들…… 나는 한국에 있는 친구에게 전화를 걸어 "제1세계랍시고

큰맘 먹고 여행을 왔는데, 프랑스는 거지 같은 나라다"라고 푸념을 했다. 파리와 스트라스부르를 오가며 며칠 더 여행하는 동안 프랑스의 어두운 면만 본 것은 아니지만 첫인상은 그런 식으로 강렬하게 남아 있다.

사실 편견이 무섭다지만, 놀라운 것은 편견이란 절대 훼손되지 않은 감각으로서 어느 정도는 실재에 들어맞는다는 것이다. 평생을 상상해온 프랑스에 대한 고정관념, 좋게 표현하면 이미지가 어느 정도 그대로 구현되어 당황스럽기도 했다. 여행에 동행한 친구와 이런 이야기를 나눴다. "우리는 프랑스 소설과 영화를 너무 많이 봐왔다", 그랬다. 머릿속엔 이미 프랑스에 관한 관념이 가득 차 있었던 것이다. 고딕풍의 건물들, 아침에 갓 구운 빵, 한나절 동안 음식을 먹는 여유로운 분위기, 모르는 사람들에게도 생글생글 웃으며 인사하는 사람들, 날마다 먹구름이 낀 어둡고 축축한 겨울 날씨, 비가 와도 우산을 쓰지 않는 사람들, 그리고 파업의 나라(아직 노란조끼운동이 진행 중이었다), 강력한 빈부격차.

그런 고정관념에 이미 사로잡힌 채로 바라보는 풍경은 그다지 이국적이지 않았다. 어른들이 그토록 가보길 강권했던 두 군데 미술관, 오르세와 루브르에서도 감흥이 덜했다. 수많은 명화들을 이미 가상으로 본 탓이었다. 손수건에서, 커피잔에서, 책받침에서, 에코백에서 복제된 이미지로. 특히 루브르에서는, 이 수많은 작품이 약탈해온 결과물이라는 것도 싸하게 느껴졌고 본래 요새로 만들어진 건축물의 특성상 거대한 소굴에 들어와 있다는 생각이 들어서 다소 갑갑했다. 길고 좁은 복도를 걸으며 죽기 전에 한 번쯤 꼭 실물을 보고 싶다고 생각했던 그림들을 무감하게 지나치는데 조금 놀라웠다. 실물을 본다는 것, 실재를 본다는 것의 의미는 무엇일까. 루브르에서 꼭 보고 싶다고 생각했던 〈밀로의 비너스〉 조각상과 레오나르도 다빈치의 〈모나리자〉 앞에는 관광객들이 몰려 있었다. 내 카메라에는 관광객들의 뒷모습 너머로 언뜻 보이는 비너스와 모나리자만이 찍혀 있다.

프랑스와 독일에 머물며 대체로 내 감상은, 한국에 비해 이들 나라는 불결하고 무질서하고 예의 없다는 것이었다. 단순하게는 물티슈 같은 것도 없고 화장실도 더럽고, 성희롱도 빈번하며, 한국이라고 덜하겠느냐만은 인종차별도 극심하다.

사실 한국에서의 나는 프랑스에서보다는 좀 더 권력을 가졌으므로 성희롱과 인종차별을 덜 겪었을 것이다. 아시안 여성으로서 파리 시내를 돌아다니는 나는 카페 점원에게조차 몇 번 희롱을 당해야 했다. 그와 동시에 모국어 외에는 어떤 언어도 자유롭게 구사하지 못하는 나는, 꽤 많은 돈을 쓰는 관광객임에도 불구하고 약자의 위치에 처해 있다는 생각에서 자유로울 수 없었다. 당장 어떤 종류의 사고에 맞닥뜨리면 아무런 대처도 할 수 없으리라. 지금보다 더 나이 어릴 적에는, 한국어가 들리지 않는 곳에서 부러 약자가 되어 살고 싶다고 생각했다. 당시에 썼던 일기를 들춰본다.

> 간혹 우리는 과신한다. 사람과 사람 사이에, 대상과 인식 사이에, 결국 세계와 나 사이에 온전히 통역 가능한 매개가 있다고 믿고 싶은 것이다. 그러나 실은, 아무것도 없을지도 모른다. 우리는 끝없는 폐쇄 경험만을 누적하며 일방통행으로 헤엄치는 수족관 속 물고기들처럼 자기가 하고 싶은 말만 하는지도 모른다. 그 말조차도 이른바 문명인의 공통 감각에 기반한,

어느 정도까지는 전부 특정 이데올로기를
내포하고 있는 기호들 투성이다. 그런 기호들이
심장과 심장을 만나게 해줄 수 있을까. 결국
우리들 사이를 가로막고 있는 심연, 언어는
환상일지도 모른다. 인간의 경우에 한정 지어,
언어가 어떻게 온전한 소통을 담지해준다는
것일까. 순전히 언어 때문에 사무치던 상처를
생각한다. 나의 말이 누군가에게 비수가 되고,
누군가의 말이 나를 아프게 만들 때. 그와
내가 동일한 모국의 언어를 사용한다는 사실
자체가 서러워서 언어를 처음 배우던 순간을
호출하곤 했다. 아직 아무런 의미도, 즉 어떤
경험도 담지하지 않은 우리말의 자음과 모음.
활자나 소리만으로는 무엇도 추상할 수 없었던
순수한 언어와의 첫 경험이 그리웠다. 그때 내가
선택했던 것이 외국어를 배우는 일이었다. 낯선
문법 체계, 좀처럼 익숙해지지 않는 발음과
싸우며 말이 주는 공포를 잊으려고 했다. 언어는
결국 그것을 사용하는 사회의 재현이어서, 타국의
언어를 공부한다는 것은 내가 알지 못하는 세계의
일부가 되고 싶은 욕망에 다름없는 것이었다.

순전히 언어 때문에 사무치던 상처를 생각한다.

나의 말이 누군가에게 비수가 되고,

누군가의 말이 나를 아프게 만들 때.

나의 경험으로 그것은 스스로를 이방인, 백치,
소수자의 입장에 놓는 것과도 같았다. 생각하고
있는 것을 모조리 언어화한다는 것이 이미
권력이었으므로. 반대로 언어 자체를 모조리
추상한다는 것 역시 권력이었고, 내가 알고 있는
언어들 속에서 머문다는 것은 언어를 둘러싼
상처들로부터 좀처럼 자유로워질 수 없다는
것이기도 했다.

이런 생각을 하던 때도 있었지만…….

아직 많은 해외 경험을 해보지 못했고, 문화적 저변도 부족하며 외국어 능력도 없는 탓에 제법 나이를 먹어 여행을 갔는데도, 제1세계에서의 경험은 내게 얼마간 박탈감을 안겨주었다. 몇 번이나 소설의 화자를 '다른 세계에서' 이방인의 위치에 이르게 되는 경우를 만들어보았음에도, 이런 체험에는 익숙해지지 않는다. 프랑스에서 유학 중인 친구들을 만나 이야기를 나눌 때 작게는 먹거리에서부터 크게는 음악이나 공연 지식에 이르기까지 내가 상상할 수도 없었던 경험의 폭을 체감하며 놀라기도 했다. 한국에서의 나는 이런저런 지식정보에 눈

밝은 편이며 경험도 적지 않은 편이라고 자부하기도 했지만 언어적 약자가 되는 환경에서는 꼼짝없이 겸손해지고 만다. 간혹 여행은 반성의 계기로 작용하기도 해서, 이번에도 새해가 되자마자 떠나온 유럽에서 반성을 거듭했다.

지금은 베를린에 머물고 있다. 프랑스에서의 여행 일정이 길어져 체력이 바닥나고 말았기 때문에, 주로 호텔에서 원고를 쓰고 있다. 독일에서의 시간은 프랑스에서의 시간을 차차 정리하는 방식으로 흘러가고 있는 듯하다. 내일은 동독박물관에 갈 예정이다. 지금 쓰는 중편소설 제목이 『서독 이모』인데, 동독을 배경으로 하는 장면을 등장시킬 예정이기 때문에 기대가 된다. 배경이 그렇기에 독일에 오면 쓰던 소설을 더 잘 쓸 수 있을 줄 알았는데 생각만큼 되지는 못했다. 그러나 결국 한국에 돌아가서 원고 한 줄을 더 쓰는 정도의 힘이라도 받고 돌아갈 수 있었으면 좋겠다. 소설의 배경이 1980년대의 동독이든 서독이든, 내가 돌아갈 곳은 결국 빈 문서 앞이기 때문이다.

‘끝없는 게임’의 ‘시작’

:『비바, 제인』

“난 우리 엄마를 ‘슬럿 셰이밍’ 하는 게 아니야, 하지만 너도 우리 엄마가 제법 ‘걸레’라는 사실은 인정해야 해…….” 페이지를 넘기다 어느덧 이 대목을 발견할 때쯤이면 읽는 당신의 목이 메어올 것이다. 개브리얼 제빈의 『비바, 제인』에는 겹겹의 인생이 펼쳐진다. 책을 읽으며 청춘은 불패이며 인생은 길다, 라는 말을 몇 번이고 되새겼다. 마이애미에서 정치인을 꿈꾸며, ‘당연히’ 스페인어와 정치학을 열심히 공부하던 여학생은, 선택을 요구하는 인생의 ‘끝없는 게임’ 속에서 실패한 선택을 거듭한 나머지 가장 절망적인 끝을 보게 된다. 그리고 그녀는 마이애미를 떠난다.

많은 사람들의 사랑을 받는 유명 정치인의 인턴으로서, 그와 연애를 했다는 사실이 발각돼 수없이 "슬럿"으로 호명되던 아비바 그로스먼의 이야기다. 그녀는 블로그를 잘못 관리했다는 이유만으로 사생활이 만천하에 공개되고, 영원히 사라지지 않을 것 같은 '걸레'라는 낙인이 찍힌다. 사람들은 이야기한다. 그 여자만 아니었어도 더욱 잘나갔을 남성 정치인이 가엾다고. 그 실수만 아니었어도. 그러나 그는 재선에 거듭 성공하며 마이애미에서 살아남고, 그녀는 실종되어버린다. 사람들의 기억 속에서 영원히 잊히지 않은 채로.

소설은 그 '아비바'의 엄마를 초점 화자로 두고 시작한다. 그리고 정체 모를 싱글맘, 그녀의 딸, 스캔들의 주인공이었던 정치인의 아내, 다시 아비바로 시점을 옮겨 이야기를 펼쳐낸다. 일상은 주로 유쾌하고, 가끔 생각지도 못한 기회가 찾아오며, 새로운 친구를 만나게 되고 어느덧 직면한 뻐저린 절망의 나날들 속에서도 농담을 발견하곤 한다. 우리 인생이 대개 그렇듯.

접혀 있는 시간의 틈새에서 오가는 다섯 명의

화자들은 각자에게 당면한 일상을 덤덤하게 이야기해내는데, 소설을 거의 다 읽었을 때쯤이면 이 시간의 주름이 어떤 필연적인 까닭으로 발생했는지를 알게 된다. 그것을 깨닫는 순간 독자에게 도래하는 것은 아마도 '용기'일 것이다. 인생은 끝나지 않고, 젊음은 언제라도 다시 시작된다는 용기. 미국 정치인뿐만 아니라 누구나의 인생에는 2막이 있다. 자신을 몰락하게 만들었던 그것 — 정치든 무엇이든 — 을 주저함 없이 다시 바라보게 하고, 자신을 조롱했던 사람들 앞에서 다시 자신을 어필하는 것. 그것이 불가능한가? 소설은 묻는다. 놀랍게도 그것은 가능하다. 우리 인생이 '끝없는 게임'에 불과하고 언젠가는 '끝'을 보고 말았다면, 다시 몇 발자국 되돌아가 선택지를 다른 것으로 골라도 되니까. 물론 세상은 한 번 찍은 낙인을 쉬이 거두지 않고, 소문은 다시금 재생된다. 오래전 실패한 연애를 피해 세상 끝까지 달려왔다고 생각했는데, 종점이라고 생각했던 곳에서 만난 연인이 다시 그 연애를 들먹이며 당신을 비난한다면 절망감이 사무칠 것이다.

그러나 세상은 놀랍게도 또 새로운 인생을

허락한다. 나 자신 외에는 모두가 비정한 세상에서 내가 나의 이름을 선택하는 방식으로. 이 소설은 허상과 같은 용기를 강요하지 않는다. 그것이 '정말로' 가능하다는 것을 보여줄 뿐이다. 인간은 결코 소문만으로 주저앉지 않는다는 것을. 누구나 복합적인 존재이며 인생은 중층적이라는 것을, 이 소설은 강하고 환하게 밝혀 보여준다.

나를 실망시킬 때 내 이름을 어떻게 불러야 하는지 아는 사람은 아무도 없다 : 『반박하는 여자들』

"서로를 이해하고 돕기 위해 이야기라는 수단을 사용하는 우리의 전통에 감사하지 않을 수 없습니다"라고 맺는 작가 대니엘 래저린의 말에 먼저 주목해야겠다. "최소한 백 명의 여성분들이" 이야기를 공유해주었다고 밝히는 작가의 말은 내게 각별한 감동을 안겨주었다. 아마도 이 작가에게 가깝고도 먼 수많은 친구들의 이야기를 경청하고 수집하는 버릇이 없었다면, 이렇게나 다채로운 소설을 써낼 수는 없었으리라. 조금 짧고 조금 길기도 한 열여섯 편의 단편들에는 성격과 태도뿐 아니라 연령과 처지도 막론한 다양한 여성들이 등장한다. 대체로 실패하고 부적응하는 사람들의 이야기이기는 하지만, 그건 그냥 '우리' 자신들의 모습이다. 따라서 『반박하는 여자들』이 특별히 소외된 여성들의 이야기라고 쉽게 퉁칠 수는 없다. 그렇다고 '보편적인 인간들'의 이야기라고 하기에는 그 '보편'이라는 단어 역시 너무나 많은 사실들을 폭력적으로 생략하는 경우가 더러 있으므로, 그저 조금 뻔한 말이지만 어쩔 수 없이 '우리'들의 이야기라고 요약해야겠다. 대니엘 래저린 역시 '우리'라는 말을 그런 의미로 사용한 것이 아닐까. 서운함을 느끼고 모욕감을 느끼는 우리의 실패라는 특수한 보통의 사실들이 빚어내는 드라마가 이 한 권에 가득 수록되어 있다.

이 소설들의 남다른 점은 훼손된 여성의 육체나 고통스러운 부고의 체현 없이도 비극을 그려낸다는 것이다. 가령, "우리가 그 전설 속의 주인공이 된다면, 그리고 다른 여자애들이 그런 우리를 지켜본다면, 우리 둘 중 하나가 그렇게 사라지는 광경을 목격하게 될 것이다. 그런 일을 정말로 목격했다는 이야기를 우리는 들은 적이 있었다"라는 문장으로 끝나는 소설 「사라지다」에는 죽은 소녀들의 이름을 수집하는 두 소녀가 등장한다. 사고로 죽거나 맞아 죽은 다양한 소녀들의 죽음은 완전히 끝나버린 극적인 고통에 그치지 않고, 또래 남자애들에게 컴퍼스로 엉덩이를 찔리는 살아 있는 소녀들의 일상에서 재현된다. 언뜻 노트에 기록된 무참한 죽음들을 등지고 현재의 무료함에만 몰두하는 것처럼 보이는 소녀들의 일상이지만, 오늘의 평범한 책상과 노트에서 먼 친구들의 죽음은 '쓰인다'는 행위로 인해 생생하게 박제된다. 이때 소녀들이 수집하는 친구들의 죽음은 더 이상 먼 곳의 이야기가 아니다.

부잣집에서 태어났든 가난한 집에서 태어났든, 학창 시절에 공부를 잘했든 못했든 남들 시선에 예뻤든 못생겼든 여성들은 회피하고 싶은 순간들을 수없이 지나 자기 자신이라는 역사를 만들어왔다. 어떤 순간에는 '내가 절대로 되지 않겠다고 맹세했던 부류의 여자애가 되어', '내가 원하는 것들은 내 의지로 존재하게 만들 수 없'고, '나는 아예 다른 퍼즐 상자에 속하는 조각'임을 자각하고 '대답 대신 그저 고개만 흔들었'던 완강한 결정을 마주하지만 때로는 누군가를 '텅 빈 집에서, 추위 속에서 울도록 내버려둘 수밖에 없는' 실존에 맞닥뜨리기도 한다.

실종되었다가 길고양이처럼 죽은 여자애들의 이름을 수집하고, 여자들은 '여자애'와는 또 다른 종류의 위험에 노출되어 있음을 누가 가르쳐주지 않아도 이미 알고, 여자의 몸은 재생산을 목적으로 설계되었다는 무시무시한 사실을 깨달았을 땐 어떻게든 섹스와 임신의 공포에서 비껴가고 싶다. 저 여자애는 조금 이상하다고, 너와는 다르다고, 천박한 여자라고, 그렇게 구별 짓기 해봐야 알고 있다. 공감이라는 말로는 차마 다 설명할 수도 없는 공통의 경험과 그것에서 비롯된 진술들. 자기가 여자애라는 걸 알고 난 어느 순간부터, 여성으로 살아남아야 한다는 엄정한 사실을 내면화하는 삶 속에선 '우리'가 같은 운명에 얼마나 자주 처해지는지를.

내가 나라는 것을 증명하기 위해서 나를 혐오하거나, 다른 사람을 원망하고 마음 깊이 종종 살해해야 한다고, 그러니까 그 지독한 '르상티망'을 경유해야만 독립적인 내가 될 수 있다고 오랫동안 믿어왔다. 그게 아직 너무나 지난한, 무척이나 어려운 '여성서사'가 어떤 독자들에게는 납득될 수도 있다고 확신하기 전 내가 가진 문학에 대한 태도였다. 실제의 나는 굳이 자신과 타인을 혐오하지 않고도, 어떤 사람의 감정이나 그의 습관이 하찮다고 애써 생각하지 않고도 내가 느끼는 감정과 나를 둘러싼 사회적 조건들을 잘 설명해낼 수 있었는데도(라고 조심스럽게 생각한다). "문학을 한다는 건 실패가 예정된 길을 걷는 것인데 감수할 수 있겠어?"라는 질문과 "왜 너를 사랑하지 않는 사람과 헤어지지 못했어?"라는 질문이 같은 종류의 것으로 느껴질 때, 나는 '반박'하지 못했다. 내게는 폭력적으로 느껴지는 질문들을 철수시키고 또 다른 질문(Back Talk)을 던져볼 요량이 없었던 것이다. 그 질문들의 프레임 안에서 나를 이해하도록 애써서 변명했다. 이해받고 싶었기 때문에. 말을 돌려줘야 할 때도 있고, '그들이 답할 차례'를 만들어주어야 할 때도 있다는 걸 미처 몰랐다. 이 소설들을 읽으며 다시금 깨닫는다. 권위로 무장한 누군가들의 질문을 반박으로 철회할 필요도 있다는 걸. 어떤 여자애에게는 "왜 거절하지 않았어? 너도 좋았어?"라는 가치 없는 질문이 꽂히고, 어떤 여자에게는 "왜 아이를 낳으려고 하지 않아?"라는 질문이, 그게 당연하다고 생각하는 수많은 사람들의 사회에서 비수로 와닿는다. 그럴 때, 당신의 질문이 내게는 아무런 의미가 없다는 의미로 되돌려줄 말을 생각한다. 놀랍게도 'Back Talk'에 관해 상상하면, 오늘 밤을 새도록 열거해도 모자랄 정도로 다양하다. 돌려줄 말들을 생각하며, 대니엘 래저린이 경청하고 관찰하여 만든 수많은 캐릭터들을 떠올린다. 셀 수 없을 만큼 많은 배신을 당하고, 상대가 보여주는 애정과 관심에 적극적으로 화답했을 뿐인데 곧장 거절당하고, 정상가족이라는 인류의 허황된 꿈에서 버려져 '나만 없었으면 완벽했을 수도 있는' 가족을 애써 외면하는 여자들. 대니엘 래저린의 장면들, 표정들에는 강렬한 비극도 엄청난 드라마도 없지만 진리에 가까운 이야기가 있다. 당연히 나도 그랬겠지만 어디 가서 말하기 어려웠던 감정들, 그게 바로 진리 아닌가. 뛰어난 수집가 대니엘 래저린의 겸손한 이야기들이다.

더없이 투명한 가면 쓰기
:「체향초」

'그 시절', 근대 한국문학을 이야기할 때 흔히 등장하는 수사가 있다. 한국 사회에 속해 성장하며 '입시문학'을 통해 그 시절 작품을 처음 접한 대부분의 사람들에게 이런 말은 매우 익숙할 터, 가령 이런 것이다. 식민지 지식인의 고뇌, 하층계급 서민 노동자의 고통스러운 현실. 지식인–노동자는 좌절과 가난을 맞닥뜨리며 투철하게 고통받는다. 사실이 그러했으므로.

또한 이런 사람도 있다. 1980년대 월북문학 해금 이후 명명된 것이겠으나, 어떤 캐릭터는 '사회주의 전향자'라는 전형적 인물로 분류되기도 한다. 이 소설의 주인공 역시 그렇다.

지하련의 1941년 발표작 「체향초」는 "삼희가 친가엘 갈 때면 심지어 이웃사람들까지 더할 수 없이 반가이 맞아주었다"라는 문장으로 시작한다. 소설의 초점 화자인 삼희는 결핵을 앓아 고향에 내려가고, 자신의 시댁이 그리 초라하지 않고 아직 어머니가 살아 계시기에 동네 사람들로부터 좋은 대우를 받는다고 생각한다. 이어지는 문장은 "그랬는데 이번엔 어머니를 비롯해서, 어린 조카들까지, '아지머니—' 하고는 그냥 말이 없을 정도다"이다. 이 대목은 내게 지하련 소설은 유머리스트의 소설이라는 것을 강렬하게 각인시켜주었다. '너무 앓는 사람으로 극진히 해주는 고마운 마음들이 도리어 자신을 중병자로 만드는 것'이라는 부연을 통해 짤막한 도입부에서 숨 고를 틈 없이 인물 '삼희'의 성격을 제시하고 있다. 그러므로 그러한 친가의 반응이 부담스러워 며칠 후 삼희는 끝내 '산호리'라는 동네로 거처를 옮기게 된다. 이 소설의 주인공은 이때야 비로소 등장한다. 도입부의 삼희가 아니라, 그녀가 '산호리에 있는 오라버니, 얼굴 흰 오라버니'라고 칭하는 오라버니가 이 소설의 주인공이며, 예의 '사회주의 전향자'이다. 그는 고향에서 농사짓는 일에 몰두하며 병에 걸린 여동생을 반겨 맞이한다. 또 하나의 주인공은 오라버니의 절친한 친구 태일이다. 두 인물이 한때 치열하게 사회주의 이데올로그로서 쟁투하였으나 이제는 이념적 전향을 했거나 그런 척을 하는 주인공들이다. 오라버니는 친구 태일을 삼희에게 간접적으로 소개하면서, 그를 자신의 비겁함을 확인시켜주는 대타자로 설명한다. 이때 오빠가 (소설 속에서 삼희가 직접적으로 말하듯) 매우 과장해서 그를 칭찬하는 대목이 여럿 등장한다.

> "태일 군? 내가 요즘 아는 사람 중에선 제일 똑똑한 친구지—."
> "역시 태일 군 같은 사람이 살어 있는 사람일지두 몰라—."
> "'자랑'을 가졌으니까 생명과, 육체와, 또 훌륭한 '사나이'란 자랑을 가졌으니까—."
> "그는 저와 상관되는 일체의 것을 자기 의지意志 아래 두고 싶은 야심을 가졌으면서도, 그것을 위해 조금도 비열하지 않고, 아무것과도

배타排他하지 않는, 이를테면 풍족豐足한 성격일 뿐 아니라, 이러한 성격이란 본시 '남성'의 세계世界이니까—."
"그러기에 이러한 사나이의 세계란, 가령 어떠한 사정事情이나 환경에서 패敗하는 경우라도 결코 '비참'한 형태는 아닐 거다—."•

그런데 삼희의 평가는 사뭇 다르다.

처음 삼희는 저보다 나이 적을지도 모르고, 또 남편과도 면식이 있다기에, 제법 애기 어머니연 의젓하게 대했었다. 그랬는데, 무슨 자기보다는 나이 사뭇 어린 여학생을 대하듯, 외람히 구는 폭이란 도무지 가당치도 않았다.
이편을 힘껏 무시한 것도 같은 — 또는 한껏 신뢰信賴한 것도 같은 — 또 달리는, 무엇에 몹시 항거抗拒하는 것도 같은 — 이상한 것이었기 때문에 아무튼 어느 것이든 삼희로서는 당황하지

• 지하련, 「체향초」, 『도정』, 현대문학, 2011, 245~264쪽.

않을 수 없었고 좌우간 거슬렸다.•

심지어 삼희는 오라버니가 "자신의 약점에 반발하여" 태일을 과장스럽게 평가할 때마다, "까닭없이 역해오"기까지 하며, "사나이"니 "생명"이니 "육체"니 하는 말을 들으며 속으로 되풀이해보았으나 별다른 감동을 느끼지 못한다고 이야기한다. 하여 오라버니에게 "난 잘 모르겠어요"라고 대꾸하는데, 이때 오라버니의 말이 압권이다. "모르겠으면, 알구 싶지 않니?"

나는 이 소설을 꽤 여러 번 읽었고, 일제강점기에 발표된 다른 작가의 소설들에 비해 턱없이 부족한 비평도 제법 찾아 읽었다. 그런데, 그럴 때마다 자못 놀라고 만다. 몇 안 되는 비평에서 「체향초」의 오라버니와 태일은 앞서 말한 대로 그저 '사회주의 전향자'로서 깊은 고뇌에 시달리는 인물들이며, 바라보는 시점의 초점 화자 삼희는 그들을 냉소하지만 연민하는 충실한 관찰자로 표현되어 있었다. 오라버니와 태일은 '사회주의 전향자'라는

• 앞의 책, 253~262쪽.

프레임을 충족하는 주인공으로서 손색없다는 것이다. 물론 그들의 프로필은 분명 그러하나, 여기서 지켜보는 화자 삼희가 단지 전향 사상가들의 현실을 안타까워하고 있다고만 결론 내리는 것은 온당한가? 이러한 대목이 분명 존재하는데도 말이다. 오라버니와 태일은 각자 자화상을 그렸고, 동경으로 떠난다는 태일은 자신의 자화상을 오라버니에게 선물한다. 삼희는 "놀라면서도, 웬일인지 터져 나오는 웃음을 참을 수가 없"어 말한다. "오라버니 그 나 온 참……. 잘 그리고 뭐구 무슨 사람들이 그렇대요? 이따금 오라버니들은 꼭 어린애 같어—." 이에 대한 오라버니의 대답.

> "어린애? 그래 어린애지. 허지만 그 어린애인 곳이, 혹은 어리석다는 곳이, 이를테면 지극히 넓은 것, 완전히 풍족한 것과 통하는 것이라면?"
> "이런 건 다— 너희들 '작은 창조물'들이 알 수는 없을 거다—."•

• 앞의 책, 271쪽.

이런 말을 듣고 삼희가 "어쩐지 싫은 생각이 들"고, "오라버니에 대한 이상한 의심이 일종 야릇한 불쾌를 가져왔다"고 일갈하는데도, 오라버니는 여전히 당대 지식인의 고뇌를 체현하는 인물이며, 삼희는 충실한 관찰자일 뿐인가. 의문과 동시에 내게는 얄궂게도 묘한 쾌감이 느껴지는 대목이기도 하다. 창작자로서의 작가 지하련은 아마도 평자들의 이러한 반응을 이미 예상하고 있었을 것 같다. 이렇게 대놓고 오라버니와 태일을 비웃고, 그들의 남성 연대를 노골적으로 조롱하는데도 평자들은 '사회주의 전향자의 고뇌……' 운운하는 데서 그치리라. 하여 오라버니가 이상하게 의심스럽고, "어째 얼굴이 희고 몸이 가냘픈 거라든지, 손발이 이쁜 것까지 모두가 의심쩍었다"라고까지 부연하고 있다. 지하련은 과연 지독한 유머리스트였음이 분명하다는 게 내게는 또한 이 대목에서 다시금 확인되었다. 이어지는 장면들은 더욱 잔인한데, 바로 그 태일이 낚시터에서 삼희에게 '자기가 어떻게 보이느냐'며 집요하게 묻고, 삼희는 내심 "비위가 상"하지만 "좋은 분"이라고 대답해주는데 끝내 "염치없고 무례한 질문도 분수가 있다"고

논평하며 오라버니나 당신이나 같다고 지적한다. 자신의 남성성을 확인받고자 하는 질문에 오라버니나 당신이나 똑같아 보인다고 대답하며 "그만 돌아갔으면 좋겠다—"고 부러 중얼거린다. 이렇게까지 대놓고 그들을 타자화하는데, 어째서 오라버니와 태일은 주인공의 위치를 잃지 않는 것일까.

최근의 국문학 연구자들에게서는 소설 「체향초」의 남성 연대 폭로가 흥미롭게 지적되고 있다. 남성성의 형성을 위해 남성 연대의 구조에서 순환의 기호가 된 여성 인물들이 '가면' 뒤에는 아무런 본질도 없음을 선언함으로써 남성이 지닌 여성성의 환상을 깨뜨리는 '가면'의 수행성(performativity)을 실현한다거나, 누이에게 물화된 여성성을 부과하는 등 여성을 팔루스Phallus로만 소유하는 남성 연대를 폭로한다•는 지적은 최근 수행된 작업이다. 1941년 발표 당시 이미 펼쳐진 장면들이지만 그저 '고뇌……'

• 강소희, 「근대 여성소설의 수행성 연구 : 백신애, 이선희, 지하련을 중심으로」, 이화여자대학교 대학원 석사학위 논문, 2016.

이상으로 해석된 적은 없는 듯한, 수려한 장면들과 더불어 백미라 평가할 만한 대목은 이것이다. 태일이 장차 사관학교에 들어갈 계획을 세우고 있다는 오라버니의 말에 삼희는 "사관학교는 좀 걸작인데요—"라며 "무심한 낯빛"으로 "짐짓 피식이" 말한다. 이에 오라버니는 "그런 태도가 하이칼라라는 거다. 모든 데 어떻게 그게 조소적이고, 방관적일 수가 있니?"라고 "까닭 없이 벌컥" 하는데, 까닭 없을 리가 없을 터, 자신이 원하는 반응을 보여주지 않는 누이동생에 대한 분노다. 여기서 끝나지 않고 삼희는 "오라버니만 조소적이요, 방관적일 수 있고 남은 그렇거면 못쓴단 거지요?" 하며 "대들기"도 한다. 사정이 이러한데도 작가의 이력과 더불어 「체향초」는 삼희가 끝내 인정하지 않는 오라버니들의 '고뇌 서사'로 외부에서 종종 평가되어왔다.

「체향초」라는 제목 자체가 '고향에서 겪은 일을 쓴 글'이라는 의미이기도 하거니와, 주인공 삼희의 이력은 작가 지하련의 이력과 매우 닮아 있다. 오라버니가 살고 있는 마산 산호리라는 지역이 그녀가 어린 시절 머물렀던 곳이며, 실제로

세 명의 '오라버니'들은 조선공산주의자협의회 개최 등 조직 활동에 몸담았고, 무엇보다 조선프롤레탈리아예술동맹의 서기장이자 시인인 임화가 그녀의 남편이다. 오빠들과 남편 모두 1930년대에 굴복했고, 소설과 마찬가지로 지하련 자신이 1940년대 초반에 결핵에 걸려 산호리로 내려가 요양했다. 이 사실들은 분명한 사실이건대 종종 누락되는 사실 또한 있다. 지하련 자신 역시 공산주의자협의회 조직 활동에 가담해 구금당할 정도로 진성 사회주의자였다는 사실, 혹은 그 자신이 실제로 앓았던 결핵이 남편을 간호하다 생긴 병이라는 사실……. 하여간 지하련은 그 유명한 임화의 여자로서, 지독하게 남성 연대를 조롱하는 소설마저도 임화의 영향 아래 '전향자의 고뇌를 지켜보는 소설'로서 평가받는다는 사실이 내게는 좀 흥미로운 것이었다. 오랜 시간이 흐른 후에도 사정이 크게 달라지지 않으리라는 것을 지하련은 이미 알지 않았을까. 어쩌면 지하련 스스로 맨얼굴이 훤히 비춰 보이는 투명한 가면을 자처해서 썼던 것은 아니었을까. 결혼과 연애를 다룬 지하련의 소설들에서는 여성들끼리 교환하는 섹슈얼리티가 느껴지기도 하는데, 그 역시 흔히 '바람기 있던 임화의 부인으로서 다른 여성들에게 가진 질투'로 해석되고는 한다.

「체향초」 말미에, 떠나는 기차에서 삼희는 맞은편에 앉은 여자를 보며 '똑똑해 보인다'고 생각하고, "저렇게 똑똑하게 되자면, 그 '마음'이 얼마 해침을 입었을까?" 하고도 생각하는데, 이 대목 역시 오라버니와 태일에 대한 삼희의 조롱과 냉소를 무마하는 방향으로 해석되기도 하는 것 같다. 물론 이러한 해석도 찾아보기 어렵다. 지하련은 '6·25 이전 A급 월북작가'였음에도 어느 연구자의 표현대로 '월북작가'도 '여성작가'도 아닌, 그저 1946년의 순간에 가능했던 해방기 '월북-여성작가'로서•, 한국문학사에 제대로 기록되지 못했다. 나는 '입시문학'의 나날들 속에서 단 한 번도 지하련의 이름을 접한 적 없다. 대학에서는 거듭 '한국문학사'라는 대규모 수업을 들었는데 역시 그랬다. 지하련에 대한 평가를

• 류진희, 「해방기 탈식민 주체의 젠더전략 : 여성서사의 창출을 중심으로」, 성균관대학교 대학원 박사학위 논문, 2015.

찾다보면 그녀의 작품이 '사소설적 성격'을 띠고 있다거나, '여성의 자전적 글쓰기로 내면의 혼돈을 표현한다'는 서술이 등장하곤 하는데, 이 역시 임화의 동반자로서 언급되는 것으로 임화 연구에서나 겨우 찾아볼 수 있었다. 뿐인가. 지하련을 추천한 백철은 끊임없이 "내 친구 부인이요" 하고, 서정주는 그녀를 "결혼 생활에 썩 만족하지 못하는 …… 문단에서 인기 많은 예쁜 여자" 등으로 평가하며, 그들 공히 자서전 등에서 임화의 안부를 전하러 왔다거나, 편지를 전달하러 왔다거나 하는 식으로 심부름꾼처럼 묘사한다. 지하련의 다른 소설 「도정」에서 1945년 8월 15일, 일왕의 옥음 방송을 듣던 소년이 "덴노 헤이까도 불쌍하다"고 하는 대목을 평가하는 김동리는 '이토록 무책임한 여류작가' 운운한다. 이에 "그렇게 한마디로 후려갈길 작품은 아니다"라고 최정희가 반박했다는 것이 유쾌한 지점이다.

월북 이후 지하련의 삶은 알려져 있지 않고, 그저 임화가 숙청당한 후 미치광이가 되어 거리를 돌아다녔다는 이야기만 괴담처럼 떠돌 뿐이다. 이 일화를 언급하고 싶지 않았다. 그러나 「체향초」에 대한 기존 평들을 '후려치는' 이 글에서조차 결국 언급이 불가피했다. 지하련은 끝내 임화의 여자였기에, 「체향초」의 주인공 오라버니가 바로 그였으리라는 불성실한 해석은 얼마나 간편한가. 사상적 동반자라는 표현은 사실 정중한 편이고, 모든 동반자–부부에게 내려지는 흔한 평가처럼, 임화가 지하련에게 사상을 전파한 대타자였으리라는 손쉬운 추측이 만연하다. 그러나 나로서는 백번 양보해 지하련의 실제 삶에 비추어 봐도, 임화가 그녀에게 사상을 전파한 대타자였다는 것은 그다지 확실하지 않고, 오히려 확실한 것은 결핵을 전염시켰다는 사실뿐이다.

1945년 8월 6일, 히로시마와 누베르, 남자와 여자 : 〈히로시마 내 사랑〉

1945년, 그로부터 14년 후 1959년의 동시대인들은 같은 질문을 받는다. '그해, 1945년은 당신의 인생에 어떤 영향을 주었습니까.' 1945년 누군가는 태어나고, 다른 누군가는 죽었다. 여느 해와 마찬가지였을 것이다. 전쟁이 일어나고 있는 순간에도 총알과 폭탄 바깥에 있는 대다수의 사람들은 생존을 위해서 그저 살아간다. 살아내는 동안에는 역사적 사실보다는 개인적 진실에 충실하게 된다. 모두 지나가고 나서야 역사를 정의 내릴 수 있다. 1945년은 어떤 해였는가. 홀로코스트는 유태인의 '회상 권력' 시대에서 고유명사가 되었다. 프랑스의 미테랑은 한 사람을 지칭하는 고유명사가 아닌, 대통령을 의미하는 보통명사가 되었다. 1960년대, 70년대의 대한민국에서 박정희가 그러하듯이. 그들은 고유명사가 아닌 보통명사가 됨으로써 아이러니하게도 고유의 권력을 획득했다. 마찬가지로 1945년은 1944년이나 1946년과 같이 범박한 연대순 구획을 의미하는 숫자가 아니다. (21세기에도 1945는 오락실 한구석에 존재한다. 콜럼버스의 1492가 패션이 되었듯.) 가끔 그런 글자나 숫자가 있다. 다른 어떤 시니피앙으로도 대신할 수 없는 고유한 이름.

프랑스 감독이 연출한 〈히로시마 내 사랑〉(1959)에서의 1945는 무엇보다 그러하다. 제2차 세계대전이 끝난 해, 식민지가 해방을 기뻐한 해, 적군의 병사와 사랑을 나눈 멍청한 소녀가 성인이 되어 지하실 바깥으로 기어 나온 해. 대다수의 동시대인들에게 1945년은 불행 중 다행을 의미하는 숫자였다. 적어도 1945년이라면 그렇다. 모두가 8월 6일이라는 날짜는 기억하지 않는다. 그것은 전쟁이라는 단어를 들으면 군대, 장교, 사병, 탱크,

총, 폭탄까지 한꺼번에 연상할 수 있지만, 그 시대에 살았다는 죄만으로 가족과 애인을 잃고 불구가 되고 가난해지고 정신질환에 걸려버린 무수한 사람들은 쉽게 떠올릴 수 없는 것과 같다. 그것이 자기 자신의 역사가 아니라면. 1945년에는 무슨 일이 있었는가? 영화는 계속 질문을 던진다. 전쟁이 끝난 후 그녀는 히로시마와 상관없이 살아가고 있었으므로, 비로소 전쟁이 끝난 해, 전 세계인이 기뻐한 해였다고 대답했다. 그에게는 히로시마에 살고 있는 가족이 있었다. 영화는 직설화법으로 말하고 있다. 명백하게 그녀에게는 8월 6일이라는 날짜보다는 1945라는 숫자만이 존재했고, 그에게는 1945라는 숫자보다 8월 6일이라는 날짜만이 존재했음을. 그녀에게는 1945가 전쟁의 끝이었지만 그에게는 8월 6일이 고통의 시작이었다. 그는 원자폭탄 때문에 가족을 잃었다. 그의 개인적 역사에 명백한 진실이다. 그녀는 1945년 어디쯤에서 적군이었던 독일 병사를 가슴 밑바닥에 묻고 삶을 도모하기 위해 일어섰다. 그녀에게 히로시마는 종전을 의미하는 이름, 그저 그런 이름일 뿐이었다. 그로부터 14년 후 반핵, 반전 영화를 찍기 위해 히로시마에 왔을 때 그녀는 목격하게 된다. 1945가 아닌 8월 6일을. 폭탄을 맞은 보통 사람들의 사진을. 제국주의 국가들의 탁상에서 교환되던 서류로서의 전쟁이 아니라 육체로 전해지는 고통과, 가시적인 환부를. 그리고, 잊고 있던 끔찍한 경험을. 그는 그녀에게 일갈한다. "당신이 뭘 안다고 그래? 당신은 히로시마를 보지 못했어." 그가 진짜 하고 싶은 말은 '당신은 히로시마를 기억하지 못해'일 것이다. 개인적 진실과 상관없는 역사적 사실은 실제로 일어났다고 하더라도 아무런 의미를 갖지 못하며, 그것은 다만 일어난 일일 뿐이라는 것이다. 사진 속에 끔찍한 상처로 존재하는 '히로시마 원폭 투하'는 1945년 8월 6일에 실제로 일어난 일이지만 같은 날을 프랑스의 시골 마을에서 살아가고 있던 소녀에게는 아무런 의미가 없을 수도 있다. 그런데 왜 그녀는 그토록 히로시마의 상처에 집착하며, 전쟁의 기억을 잊고자 몸부림치는 것일까. 그녀는 '기억' 자체를 일종의 질환으로 여기고 있을 정도로 자신의 과거를 괴로워한다. 그녀는 생의 절반을 망각에 걸고 살아왔다. 알랭 레네 감독은 개념이 아닌 폭력—혹은 폭행—으로서의 전쟁에 대한 분명한 입장을 그녀의 모습에 투사하고 있다. 프랑스 여배우와 일본인 건축가의 1959년도 적 사랑에 대해서 알랭 레네는 에둘러 말한다. "자신이 겪은 일과 실제로 일어난 일 사이에는 불가분 관계가 있다." 앞서 말했듯 자신이 겪은 일은 개인적 진실이다. 그해에 전쟁이 일어났다고 하더라도, 만약 끔찍한 종류의 실연을 겪었더라면, 자신에게 그해는 실연의 해로 기억될 뿐이다. 가령 자신이 객관적인 이성을 지닌 역사가라고 할지언정, 연대기를 서술하는 책상 위의 손이 1945년을 제2차 세계대전이 끝난 해라고 기록하더라도 뇌리를 지배하는 것은 그해 떠난 그 혹은 그녀의 마지막 모습일 것이다. 하지만 알랭 레네는 그 혹은 그녀가 그해 당신을 떠난 이유가 직간접적으로 어떻게든 종전과 관련이 있다면, 당신은 절대 그 사실을 망각할 수 없게 될 것이다, 라고 이야기 한다. 영원한 삶을 누리는 불사의 존재 드라큘라가 삶을 끝낼 수 없다는 끔찍한 지옥에 갇혔듯, 개인적 진실이 역사적 사실 안에 존재한다는 이유로 그것을 결코 극복할 수 없는 트라우마로 평생 안고 가야 하는 것이다. 다시, 그녀는 왜 보지도 않은 히로시마를 자신의 실연에 투사하며 괴로워하는가. 다름 아닌 자신의 첫사랑은 적군인 독일 병사였고, 그가 자신이 보는 앞에서 죽은 이유는 프랑스와 독일의 전쟁 때문이었고, 프랑스와 독일의 전쟁이 바로 그해에 끝났기 때문이다. 히로시마가 쌍생아처럼 이전과 이후로 나뉜 해에.

첫사랑인 독일 병사가 죽은 이후로 누구도 사랑할 수 없었던 그녀가 십수 년 만에 처음으로 다시 만난 사랑이, 하필이면 히로시마의 일본 남자였고, 원자폭탄에 가족을 잃은 사람이었다. 부지불식중에 눈앞에 있는 먹이를 집어 먹은 — 그것이 독인지도 모르고 — 비둘기가 소리 한번 못 지르고 죽은 것처럼, 그녀가 아무것도 모르고 사랑한 남자는 하필이면 적군의 병사였다. 그는 그녀의 눈앞에서 총에 맞아 죽어버리고, 마을 사람들은 멍청한 창녀라면서 그녀를 매질했다. 그녀는 머리카락이 잘린 채로 지하실에 가두어져 1940년대 초반을 보낸다. 그때 다른 대륙에 살고 있던 그는 아무런 범죄도 저지르지 않은 자신의 가족이 폭탄에 맞아 죽는 비극을 경험한다. 이렇게 제2차 세계대전의 비극을 개인적 일상에 수렴해야 했던 '어떤' 일본 남자와 '어떤' 프랑스 여자가 전쟁이 끝난 후 사랑을 속삭이는 모습은 그 자체만으로도 20세기의 아이러니다. 그녀가 그를 사랑하고 있다는 자신의 욕망을 잘 알면서도 끊임없이 그를 거부하는 것은 그래서 마땅하다. 젊은 시절 그토록 노력해서 지워버린 전쟁 혹은 사랑에 관한 1940년대를 재현하고 싶지 않은 것이다. 영원한 생이 실은 끔찍한 것처럼, 어떤 사랑의 기억은 슬픈 원죄와도 같은 끈질긴 형벌이다. 아예 아무 일도 일어나지 않았다고 믿고 싶은데, 실제의 기억을 조작해서라도 1945년에 지하실 바깥으로 나온 일은 '그' 독일 남자와는 상관없는 일이라고 여기고 싶은데 그것이 지구 반대편에 있는 히로시마에서 현현되고 있다면 어찌할 것인가. 그녀의 두 번째 사랑임이 분명한 — 히로시마에서 가족을 잃은 — 일본인 남자는 바로 히로시마를 의미한다. 형벌과도 같은 옛사랑의 기억을 재생하는 두 번째 사랑, 자신이 과거에는 파리의 여배우가 아니라 누베르라는 지방의 아둔한 소녀였음을 일깨워주는 사람이다.

그들은 자신이 겪은 일과 실제로 일어난 일 사이의 지겨운 관계를 받아들이기로 한다.

1945년이 1944년과 1946년 사이에 존재할 뿐만 아니라 제2차 세계대전이 끝난 해로서 명백하게 기록되어 있는 것처럼, 원자폭탄이 사진과 동영상으로 보통 사람들의 환부로 전염병으로 여전히 남아 있는 것처럼. 그 전쟁을 '몸으로' 겪지 않은 사람의 팔뚝에 남아 있는 흉터가—전쟁과 상관없다 하더라도—다만 1945년에 생겼다는 이유로 여지없이 '1945년의 상처'로 불리듯. 여자는 자신이 끔찍했던 고향 누베르를 인정하지 않고서는 파리의 여배우이자 유부녀이며 새로운 사랑에 빠진, 다시 태어난 인간일 수 없다. 남자는 계속 그것을 일깨워준다. 망각하지 말아야 할 것은, 그러므로 망각하지 말아야 한다는 것을. 여자에게 이제 과거의 사랑을 인정하고 그만 괴로워할 것을 종용하는 동시에 폭력의 경험을 망각하지 말 것을 촉구하는 것이다. 원자폭탄을 투하한 인물들은(권력을 가진 집행자는 끔찍한 일을 제 손으로 직접 하지 않는다, 바로 그 집행자들이) 그 일을 박제하고 반핵, 반전 운동을 할 수 있을지 몰라도 죄 없이 국가의 싸움을 맞고 보낸 보통 사람들은 환부를 들여다보며 그들을 용서하지 말 것. 감독 알랭 레네, 그리고 각본을

망각하지 말아야 할 것은,

그러므로 망각하지 말아야 한다는 것을.

쓴 유능한 작가 마르그리트 뒤라스의 전쟁과
폭력에 대한 철학은 그와 그녀를 통해 분명하게
드러난다. 현대사의 폭력이 인생의 슬픈 기억으로
소급되어버린 보통 사람들을 통해서. 그러므로
그들은 자신의 이름이 지워지지 않는 연대기적 서술
속에 등장한다는 것을 인정하며 말한다. "당신은
히로시마, 나는 누베르."

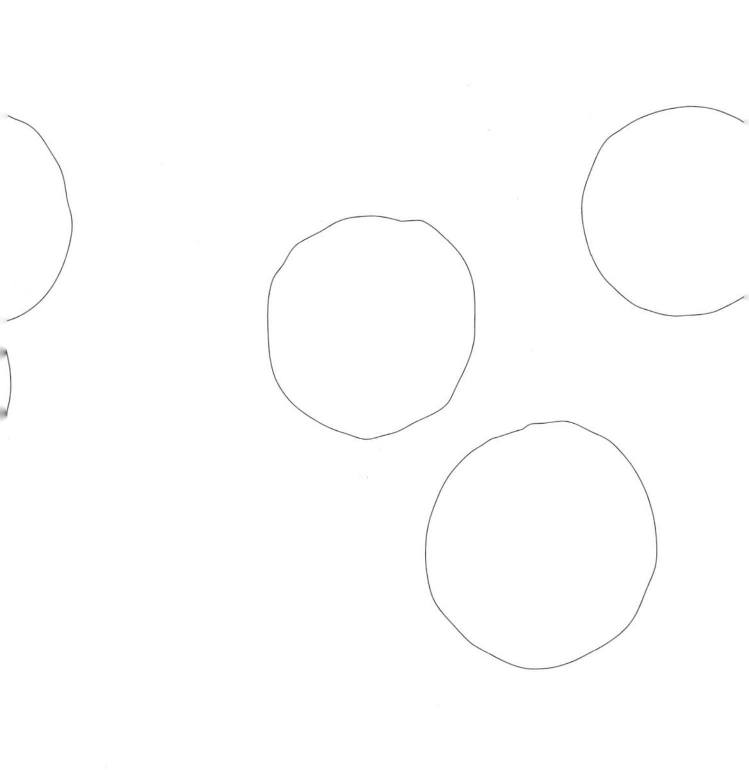

3부

선생님은 작가시죠, 아마도?

토끼 인형처럼 무력했던 우리들은 그러나

소설 「당신의 나라에서」는 이렇게 시작한다. “나는 그곳에 대해 기억나는 바가 거의 없다. 부모가 말해준 레닌그라드에 대해서.” 이제는 사라진 지명인 ‘레닌그라드’(현 상트페테르부르크)를 배경으로 소설을 쓸 생각을 어떻게 했느냐 하면, 내게는 놀랍게도 ‘소비에트’ 시절 모스크바에서 어린 시절을 보낸 친구가 있었다. 대학 시절 후배였던 정희기는 한두 번 그 이야기를 꺼내곤 했는데, 내게는 슬레이트 지붕 맥도날드 앞에 도열한 기마경찰에 대한 이야기가 머릿속에 깊은 이미지로 남았다. 또한 학교에 갈 때마다 본 엄청나게 큰 유리 가가린

동상, 국민차라고 불리던 러시아산 저가형 빨간 차 '모스크비치'.

물론 정희기가 역사학 공부를 하러 유학을 떠난 아버지, 가족들과 함께 모스크바에 살 때 나는 서울에 살고 있었지만 어떤 어린 시절의 이미지는 그런 식으로 자동으로 공유되었다. 이후 소설의 디테일을 확보하기 위해 정희기의 어린 시절 사진 속 파이프관 위를 걷는 소년들의 이미지를 꼼꼼하게 살펴보기도 했다. 사후적으로 나는 소설 속 디테일에 대해 정희기에게 검토를 부탁했는데, 예를 들면 "그들이 소비에트의 유학생이었기에 그곳을 아직도 레닌그라드로 부르기를 고집한다"는 이어지는 소설 속 진술에 관해 정희기는 전혀 무리가 없는 설정이라고 이야기했다. 자신의 가족들 역시 여전히 '레닌그라드'로 그곳을 부르고 있고, 그녀는 이 소설의 주요한 모티브가 되는 '잃어버린 코코'에 관한 전시를 준비할 때까지 지명이 바뀐지도 모르고 있었다고 했다. 2013년, 정희기로서는 텍스타일 아티스트로서의 길을 걷는 시작과 다름없는 〈잃어버린 코코를 찾아서〉 전시를 열었을 때 나는 그곳에 방문했고, 그때부터 오랫동안

이 소설을 구상했다. 그리고 2017년 1월에 소설을 완성했다. 지금부터 그녀와 내가 나눈 이야기는 이 소설이 탄생하기까지 어떤 기억과 삶의 편린에 의존했는지에 관한 것이다.

소설 속에 등장하는 '레닌그라드에서 잃어버린 인형' 포니는 정희기의 전시에 등장하는 '레닌그라드에서 잃어버린 인형' 코코를 모델로 한 것이다. 정희기는 1990년대 초반, 알마타(카자흐스탄)에 살고 계신 할아버지의 초청장을 받아 가족들과 함께 그곳을 방문한다. (그녀의 큰할아버지는 차이코프스키 음악 계보를 잇는 4세대 작곡가로 불리는 작곡가 정추 선생이다. 1957년 김일성 독재를 비판하다 카자흐스탄의 알마타로 추방되었다. 그의 형제인 정근 선생은 〈텔레비전에 내가 나왔으면〉 〈솜사탕〉 〈둥글게둥글게〉를 작곡한 정희기의 친할아버지다. 소설 속에서 3대가 예술가라는 설정 역시 여기서 빌려 오기는 했는데, 그 때문에 나는 소설을 쓰는 내내 정희기에게 미안한 마음을 가져야 했다. 소설 속 '부르주아 예술가 삼대'라는 설정과 실제는 전혀 다르기 때문이다. 이 부분에 대한 양해를 출간 전

미리 구하기도 했다.)

소설 속에서 부모가 유학생이라는 설정, 삼대가 예술가라는 설정을 실제 모델로 삼았다는 점을 나는 계속 불편한 마음으로 의식했다. 물론 그 사실은 이제 그 사람의 사실이 아닌, 내가 픽션화한 이후부터 '내 사실'이라는 것을 알지만 정희기가 보면 불편하거나 상처받지 않을까, 어지간히 유념했었다. 정희기는 물론 소설 속 '그 어린 시절'은 자신의 것이 아니기 때문에 전혀 상관하지 않았다고 했다. 나는 소설 속에서 가장 아픈 장면을 먼저 꺼냈다. 그럼 그 유학생 커뮤니티에서 그런 일이 실제로 있을 수 있을까? 내가 쓰면서도 가장 힘들었던 장면은 한국말로 "이걸로 밥이나 사 드세요"라고 하는 장면이었다. 그런 일이 일어났을 때에도 아이는 그저 그렇게 길러진다, 는 진술, 이렇게 불편한 장면을 그려냈다는 게 어땠는지……. 정희기는 그것은 이미 '자신의 이야기'가 아니며 전혀 신경 쓰지 않았다고 했고, 오히려 신기했던 것은 모스크바(당시 러시아 도심)의 풍경을 묘사한 게 무척 그럴싸하다, 실제로 기마경찰을 보기는 했었지만 만약 소설에 나오는 대로 기마경찰에게 풍선을 받았다면 나는 어떤 기억을 가지고 살아갔을까, 이런 생각을 했던 듯하다고 했다.

나는 내가 겪은 일을 쓴다고 하더라도 픽션화하는 과정에서 이미 내 이야기가 아니게 된다고 생각한다. 하지만 생각보다 많은 사람들이 이것을 이해하는 일을 어려워한다. 정희기는 그렇지 않았다.

다시 알마타에서, 정희기는 '큰할아버지' 정추 선생의 손녀, 러시아인 혈통의 친척 언니인 엘레나를 처음 만난다. 그녀는 러시아어를 썼고, 당연히 희기와는 말이 통하지 않았다. 그러나 그들은 엘레나의 비밀 아지트라고 불리는 다락에서 똑같이 생긴 인형을 나눠 갖는다. '코가 특이한 코알라'인 인형 '코코'였다. 이 인형은 소설 「당신의 나라에서」 안에서, 부모가 수업을 받는 동안 보모와 놀았던 주인공 유나의 애착인형 '포니'가 되었다. 정희기는 실제로 모스크바에 체류했고, 레닌그라드 여행 중 코코를 잃어버렸는데 소설의 이 대목을 읽고 자기가 잃어버렸다고만 생각했던 코코의 행방에 대해서 다시 생각해보았다고 했다.

소설 속 인형의 행방은 명확하지 않다. '큰엄마'가

일종의 신경질적 증상이 있는 사람이니까, 아이의 애착인형을 훔쳐갔을 수도 있고, 아이가 부지불식 버린 걸 주워 갔을 수도 있다. 정희기는 이를 '어쩌면 수많은 까닭으로 인해 코코가 나를 떠나버린 건 아니었을까?'라고 표현했는데, 이는 정희기가 인형 코코와 레닌그라드라는 장소 자체를 상실의 이미지로 영원히 반추하고 있다는 것처럼 보였다. 나는 삼대에 걸친 그녀의 가족사와, 말이 통하지 않는 사촌 언니와 인형을 나눠 가졌다는 사실이 이미 드라마적이라고 생각했고, 내게도 애착인형이 있었지만 묻고 싶었다. '왜 그 아이였던 거야? 그 아이가 없으면 왜 안 됐던 거야?'

정희기가 모스크바에 체류했던 당시는 1990년대 초반, 소비에트 해체 직후였고 러시아의 격변기였다. 그때 우리는 미취학 어린이였고, 세상은 뒤집어지고 있었다. 나는 1985년 서울에서 태어났고, 민정당사 옆에 있는 아파트에 살았으며, 당시 전두환의 집권당인 '민정당' 시절에 작명소에서 받아 온 이름 '민정'으로 평생을 살게 된 사실에 대해 의식하고 있다. 민정당 점거 농성이 내가 지근거리에 있는 동안 이루어졌으리라는 사실, 또한 1987년에 내가 세 살의 어린아이로 이미 세상에 존재하고 있었으며, 우리 부모는 집회에 참여하지 않았으리라는 사실도 아프게 의식하고 있다. 정희기도 그런 사실들을 의식하고 있었다. 나보다 훨씬 또렷하게.

비록 '어린아이'였지만.

모스크바 시내에는 항상 무릎까지 쌓일 정도로 눈이 내렸다. 그녀의 가족은 벨리돔 근처에 있는 아파트에 살았는데, 벨리돔 쿠데타 당시 총소리가 바로 옆에서 들리듯 했고 아파트 건물에 난 총 자국과 지나가던 탱크를 기억하고 있다. 또한 러시아에 살면서 가장 기억에 남았던 장면으로 꼽는 것이, 아마도 1992년, 텔레비전 뉴스에 어느 대학교 기숙사 앞 엄청 커다란 나무의 나뭇가지에 갓난아이 시체가 탯줄이 달린 채로 매달려 있는 장면이 보도된 적이 있다고 했다. 러시아 젊은이들의 참혹한 불행이 정희기에게는 그토록 강렬한 이미지로 남았다. 정희기는 학교에 진학하기 전까지는 가족들과 시간을 보낼 수밖에 없었고, 모스크바에 체류했던 2년 반 동안 말이 통하는 친구가 별로 없었다. 학교에 가서 친구들을 만나기 전까지 부모, 가족의 사랑과는 또 다른 종류의 사랑을 인형인 코코에게서 받은 것 같다고 했다. 사실은 코코를 갖고 있었던 기간은 고작 3개월일 뿐이었다. 그때 찍은 사진들에서 코코를 오려내어 점, 선, 면, 입체로 복원하는 과정이 전시 〈잃어버린 코코를 찾아서〉였다. 사실 정희기는 사진을 찍고 인형을 만드는 두 작업을 함께했는데, 나는 소설 속에서 이를 두 인물의 작업으로 감수분열했다. 이 부분이 어쩌면 인터뷰의 핵심일 수 있었다. 나는 한 인물의 작업이 두 인물의 작업으로 분열되는 것을 본 소감이 어떠했는지 물었다. 정희기 자신은 사진은 사진대로, 인형은 인형대로, 두 가지 정체성을 가지고 있었던 것 같고 사진작가로도 인형작가로도 불리는데, 대중들에게는 작가는 단 한 분야에만 종사해야 한다는 생각이 있었던 것 같다고 했다. 나도 그런 고민 안에서 한 사람에게 하나의 작업만 부여했던 것 같다. 정희기는 한국에서 창작자로서의 자신을 설명할 때 '기억에서 멀어지는 대상들을 시각화하는 작업을 하는데 주로 그 재료를 천으로 사용합니다'라고 이야기한다고 했다. 그래야 '열린 결말'이 되는 것 같다는 표현이 나로서는 재미있었다.

사실 어떤 직업을 갖고 있는 사람들을 표현할

때, 실제로 이 사람들의 작업에 대해 얼마만큼의 디테일을 확보할 수 있을까가 고민인데 실제 직업에 종사하는 사람 입장에서 보기에는 어땠을까. 어쨌든 주인공의 직업이라는 것(사진작가)도 굉장히 중요한데, 어릴 적엔 굉장히 보호받는 중산층 아이였지만, 지금은 에어컨도 없는 작업실에서 진짜 작가가 된다는 건 뭘까 고민하는 굉장히 불안정한 예술가이고, 마지막 도록의 문장은 그런 자신의 예술가적 입장을 선언하는 것이기도 하고, 첫 사진전 자체가 자신이 밀어둔 무의식이 반영되는 과정이기도 하다. 그리고 전 남자친구는 좌판에서 인형을 팔다가 자기 브랜드로 유명해지는 과정이 실려 있다. 서울 변두리 지역에 일상예술협동조합이 늘어나면서 작가로 자리를 잡아갔다, 이런 설정이 무리수는 아닐까? 이를테면 나는 내가 '해봤던' 걸 다른 작품에서 묘사하면 불편한 것들이 많다. 소설가가 타자화되는 방식으로 재현된다고 느낀 적이 한두 번이 아니었으므로. 나는 작은 설정을 예로 들어 물었다. '찢어지지 않는 헤링본 라미네이트 패브릭'. 나는 그 원단을 실제로 그렇게 부르는지에 대해서도 몰랐다. 정희기는 그 대목에 대해서는,

패브릭은 무조건 찢어지게 되어 있으므로, '찢어지지 않는 원단'이라고 쓰기보다는 '쉽게 찢어지지 않는 원단'이라고 썼어야 한다고 했다. 또한 전 남자친구가 자기 브랜드를 시장에 알리는 과정이 소설에서 생략되었는데, 마켓이나 페어에 투자를 하고 계속 얼굴을 비추는 과정이 실제로는 필요하다고 했다. 사실 나는 나이브하게, 소설가가 자리를 잡아가는 과정처럼 그저 작품이 좋다고 알려지면 되는 것인 줄 알았다. 이에 대해 정희기는 '어느 정도는 투자를 해야 한다'고 말했고 우린 그런 각도로 소설의 한 대목을 재해석했는데, 전 남자친구와 나이 차이가 좀 나는 설정이기도 하지만, 함께 식사를 하다가 '왜 갑자기 늙었어?' 하는 것이 그런 닳고 닳은 자기 마케팅 과정을 겪은 후라서 그래 보이기도 할까 싶은 것이었다.

소설 속 '비비안 마이어'의 전시와 전 남자친구와 작업실을 나눠 쓰는 부분에 관한 이야기를 그대로 옮겨본다.

박민정: 사실 주인공의 큰 고민은 내가 어떻게 프로작가로서 남을 수 있을까, 인데

비비안 마이어는 그게 없었단 말이지.
나는 그게 기묘했어. 누구나 창작자라면
일종의 배타적 권리를 갖고 싶은 욕망이
있을 텐데, 어떻게 그게 없었을까…….
이 주인공이 나는 어떤 작가로 남을
수 있을까, 하고 고민한 건 분명히
프로작가로서에 대한 고민인데 이
지점이 비비안 마이어랑 충돌하는
부분이 있지. 물론 내가 작가 후기에
쓰긴 했지만, 인형을 만드는 남자,
사진을 찍는 여자, 이렇게 한 사람을
둘로 나눴는데 이 글을 보는 사람들이 한
사람이라는 걸 알면 재미있을 것 같아.
둘이 헤어진 연인인데 작업실을 같이
쓰잖아.

정희기: 저라면 절대 못 해요.

박민정: 나도 절대 못 하지.

정희기: 그냥 쿨한 녀석들인가, 작업적 영혼이
통하나.

박민정: 실은 내가 생각하기에 이 남자는 별생각이
없고, 여자는 미련이 있어. 훔쳐보기도

하고 그러니까. 사실은 작가인 내가 가진 헤어진 연인에 대한 판타지인데, 나라면 안 되지만, 어쩌면 가능할까? 싶은 지점인 거야. 실제로 들은 적도 있어. 헤어지고 계속 같이 작업실을 쓰면서 작업을 하는 사람들. 그리고 선을 지키고. 리미널리티라고 표현한 부분처럼. 그런데 나라면, 나라면 절대 안 되는……. 실은 쿨한 녀석들인가 싶다가도 마지막에 떠나잖아. 그리고 남자가 평소에 '그냥 두자'고 말하면 마음이 편해진다고 하는데, 항상 그냥 두자고 말하던 남자가, 네가 이 편지에 대해서는 책임을 져야 한다고 말을 할 때는 강렬함도 느껴지지 않았어? 내가 해설을 하고 있네(웃음).

정희기: 이 남자친구가, 소설 속에서 '정치적 올바름'을 담당하고 있는 인물로 느껴지기도 했어요.

박민정: 그러네? 나도 지금 처음 느꼈는데, 혼자서 정치적 올바름을 담당하고 있는 사람이네?

정희기: 그래서 진짜 이런 인물이 있을까? 이 인물이 주인공의 서사에 맞춰서 너무 만들어진 인물 같기도 했어요. 항상 올바른 말만 딱딱

해주고, 도식화되어 있고 작위적이고.

박민정: 이 남자 말고 작위적인 인물은 또 없었어? 그 아저씨가 좀 심하게 악마화되었다는 이야기도 있던데…….

정희기: 그런데 실제로도 그런 사람이 있죠. 유학 생활에서의 그 복합적인 감정이나, 인물들의 관계 속에서 얼마든지 적대적으로 표현될 수 있는 사람 같아서 별로 그렇지는 않았어요.

정희기는 여러 길을 돌아서 '천'이라는 주제에 도착했다. 나는 그녀에게 천, 패브릭이란 무엇인지 물었다. 정희기는 인형을 만들기 시작하면서 천을 만지게 되었는데 천 자체가 늘 우리 몸을 감싸고 있기도 하고, 사람과 물 다음에 몸에 가장 많이 닿는 게 천이고, 어떻게 보면 인간의 육체를 구성하는 물질 자체라고 볼 수도 있으며, 조금 더 과장하면 신체의 일부에 가까운 물성을 갖고 있으니까 한 사람의 삶 자체인 것 같다는 생각이 든다고 했다. 나는 소설 속에 '도록을 쓰기가 너무나 힘들었다'고 쓴 대목에 대해서 스스로 내 작업을 하면서 내 가족의 추악한 면을 들춘다거나, 모른 척하지 않겠다, 에 방점을 찍는다고 생각했는데 그녀도 그러했는지 물었다.

정희기 역시 첫 도록을 쓰면서 개인사를 꺼내게 되었는데, 오히려 자신이 너무 지나치게 유년 시절에만 머물러 있는 것이 아닐까, 어쩌면 이게 성장하지 못함을 뜻하는 것이 아닐까 걱정했다고 한다. 나는 그것이 덜 자랐기 때문이 아니라, 유년이라는 것은 한 사람의 인생 속에서 결코 단절되지 않는 것이 아닐까 생각한다고 했다. 최근에 정희기는 인형 수선을 하면서 사람들이 어릴 때 잃어버린 인형에 대한 기록을 했는데, 그 과정에서 유년 시절이 한 사람에게 얼마나 큰 영향을 미치는지에 대해 알 수 있었다고 했다. 내가 그녀의 잃어버린 인형에서 본 것도 그것이었다. 격변기 러시아에 살던 한국 여자아이가 들고 다니던 인형. 나는 그 인형을 다른 어두운 유년 시절을 가진 아이의 손에 넘겨주는 소설을 썼다고 생각한다. '토끼인형처럼 무력했던' 우리들은 그러나, 1987년이거나 1991년에 분명 머물러 있었고, 우리 육체 속에 연약하게 머물러 있던 기억을 놓치지 않기 위해 이렇게 만들고 쓴다.

'토끼인형처럼 무력했던' 우리들은 그러나,

우리 육체 속에 연약하게 머물러 있던 기억을

놓치지 않기 위해

이렇게 만들고 쓴다.

거울 너머의 사람을 바라보는 장면

2017년 출간한 소설집 『아내들의 학교』의 표제작인 「아내들의 학교」를 구상하던 2013년 여름, 나는 친동생에게 몇 차례 자문을 구했다. 「아내들의 학교」에는 동성혼 합법화가 이루어진 사회를 배경으로, 중학생 시절부터 파트너로 지내온 두 여자가 등장한다. '설혜'와 '선'. 극 중 설혜는 가사를 전담하는 '아내' 역할을 수행하고 있고, 대학 시절 돌연 잠적해서 설혜를 애타게 만들었던 선은 런웨이에 서고, 화보를 촬영하고, 오디션 프로그램에서 '모델 지망생'을 연기한다. 나는 이 소설을 여러 번 퇴고했는데 애초에는 설혜의 역할이

제한적이었고 행동 역시 무력했다. 완성작이 되어 출판된 지 한참 지났는데도 나는 어떤 부분들을 확신하지 못한다. 초고에는 두 사람의 중학생 시절이 더욱 길게 서술됐고, '목사였던 아버지에게 버려지는 선'에 대한 이야기가 들어 있었으며, 선이 오디션에 나간 후 설혜는 텔레비전을 통해 그녀의 모습을 확인하고만 있었다. 작중 중요한 플롯인 '여학생회'와 '협동조합'의 이야기가 빠져 있었던 것이다. 나는 한마디의 말을 듣고 이러한 설정을 추가했다. "왜 설혜는 집에 앉아서 텔레비전만 봐요?"

두 사람 간의 격렬한 정념과 갈등 못지않게 내게는 설혜가 바라보는 선, 다름 아닌 '모델' 선이 너무 중요했던 것이다. 요즈음에는 지난 인터뷰에서 내가 했던 말을 자주 떠올린다. "사실 어떤 소설은 솔직히 설정이 이상할 수도 있어요. 그런데 나는 이걸 믿고 만들어야 되잖아요."• 그런 생각을 하면 잠시 서글퍼진다. 「아내들의 학교」는 내게 등단 이후 처음으로 '설정의 자유'를 마음껏 누리게끔 해준

• **박민정, 이경진, 「홍신소적 취미와 세대적 자의식」, 『문학과 사회』, 2017년 겨울호, 46쪽.**

작품이다. 그러나 내가 쓰는 모든 소설이 그렇듯 누군가에게는 상처가 될지도 모른다는 사실이 항상 뒤늦게 슬퍼진다. 두 사람이 욕을 하며 서로를 치고받는 장면, 설혜가 여학생회 언니들에게 폭언을 듣는 장면을 떠올리면, 길을 걷다 멈춰 서서 숨을 골라야 한다. 친동생인 패션모델 박민지와 인터뷰를 하면서도 내내 그런 생각을 했다. 바라보이는 선, 이름을 떨치는 모델이 되기 위해 가족을 수단으로 이용하는 선, 아내를 짓밟는 남편의 역할을 수행하는 선……. 그 모든 선의 면면이 박민지의 일부이며 그녀의 캐릭터를 차용했다는 점, '패션모델'이라는 흔치 않은 직업인의 디테일을 취재하기 위해 내가 오랫동안 지켜본 그녀의 사적인 에피소드마저 참고했다는 점. 가끔은 용서를 구하고 싶어지기까지 한다. 그녀는 내 가족, 내 친동생이다.

박민지는 본래 미술을 공부했고, 디자인과에 재학 중이었다. 1학년을 마치고 휴학한 그녀는 가족 모두에게 까닭을 알리지 않고 종일 아르바이트에 전념했다. 돈을 모아 굴지의 패션모델 에이전시 아카데미에 등록했고, 수련 과정을 거친 후 에이전시의 전속 모델이 되었다. 이 시점에서야 그녀는 가족에게 그동안 자신이 패션모델로 데뷔하기 위한 절차를 밟고 있었다는 사실을 알렸다. 그때 언니인 나는 동생을 걱정했다. 디자인과에 진학하기 위해 고교 시절 내내 힘겹게 입시미술을 했는데, 이제와 나로서는 그 실체가 무엇인지 제대로 상상도 되지 않는 '패션모델'이 되겠다니. 그때의 경험은 「아내들의 학교」에서 두 사람의 대학 시절 갑자기 잠적한 선의 에피소드가 되었다. 선은 어느 날 유명 에이전시의 전속 모델이 되어 돌아온다. 패션모델 대부분이 십 대에 데뷔하기에, 스무 살이 넘은 대학생이 데뷔한다는 것은 그쪽 업계에서는 뒤늦은 출발이었다. 선택과 배제가 끊임없이 이루어지는 업계, 자신이 아무리 열심히 노력한다고 해도 선택받지 않으면, 더 이상 '청탁'이나 '주문'이 없으면 활동이 끊어질 수밖에 없는 곳. 박민지는 스물한 살이 되어 패션모델 아카데미에 등록했고, 스물두 살 봄에 서울 컬렉션 무대에 서며 정식으로 데뷔했다. 데뷔한 이후 텔레비전에 출연한 적이 몇 번 있었는데, 소설 속 선처럼 '드라마화'를 위해 무리를 하지는 않았지만 무대나 스튜디오의 패션모델과는 사뭇 다른, 방송에 나가 텔레비전에 얼굴을 비추어야 하는 세계의 냉혹함을 경험했다. 자신과 닮은 캐릭터를 읽은 소감을 담은 인터뷰 내용을 직접 옮겨본다.

박민정: 소설의 디테일들 중에서 혹시 인물이 너무 도구적으로 쓰였다거나 하는 건 없었어? 예를 들면 어린 시절을 이야기할 때 눈에 뜨일 만큼 키가 너무 크다, 우리 동네에선 내가 본 애들 중에 제일 예뻤는데 시장에 나가니까…… 예쁜 애들이 널려 있고 거기서 좌절하고.

박민지: 그게 사실이지.

박민정: 어릴 때부터 꺽다리같이 키가 큰 아이였다는 표현이나 키가 183cm라는 것도 강조되고, 이 아이의 외양이 어떻다는 것에 대한 노골적인 묘사가 강조되는데, 현실적으로 모델로서 어린 시절을 생각하면 이런 설정이 와닿았는지 궁금하고. 이십 대 후반이 너무 나이가 많다는 설정은? 패션모델 오디션에 나갔기 때문에 결혼도 했고, 나이가 많다는 것 자체가 캐릭터가 되잖아. 십 대 여자애가

저 언니랑 나랑 같은 커리어를 가졌다, 생각하고 함부로 행동하는 것은?

박민지: 실은 소설 속에서는 일을 끊임없이 했다고 했는데, 일이 끊임없이 들어왔다는 것 자체만으로 같은 모델이라도 커리어가 같다고 여길 수는 없지. 일이 중간에 끊겨서 못 하게 되는 모델이 더 많으니까.

박민정: 그건 우리도 마찬가지야. 일이 중간에 끊기면 자기 의지랑 상관없이 뜸해져야 해. 일이 안 들어오고 아무도 나를 안 찾아주면 일을 못 하지. 모델인 자기 여자친구, 애인, 사랑하는 사람을 바라보는 시선(매 시즌 런웨이를 보며 가슴이 벅차다든가, 하는 표현)은 어땠어? 선과 설혜라는 두 사람의 관계가 매우 중요한 소설이니까. 사실 이 둘 다 주인공이지만 초점 화자는 설혜고 선은 등장인물에 가까워. 이 선은 '바라보이는 선'이란 말야. 너는 모델로서도 '바라보이는' 직업이잖아. 사진을 찍어도 그렇고, 무대에 서도 그렇고 누군가 너를 지켜보고 바라보아야 하잖아. 그 대상으로서의 선을

그려낸 걸 본 느낌은 어땠는지?

박민지: 그건 언니가 나를 보는 느낌이었지.

박민정: 이건 소설을 쓰는 작가 자신이 나를 보는 느낌이겠다, 그게 불편하다거나 그런 건 전혀 없었어?

박민지: 그냥 이런 느낌이겠구나. 그런 정도였어.

실제로 나는 박민지가 텔레비전에 출연했을 때(서바이벌 오디션 프로그램이었고 데뷔한 이후였다), 매일같이 꺼져 있는 전화기에 전화를 걸었고, 소설 속 설혜가 선에게 전화를 걸어본다는 장면도 여기서 비롯된 것이었다. 그로부터 몇 년 후, 나는 박민지에게 "서바이벌 오디션에 출연하는 여자를 소설로 쓰려고 한다"고 말했다. 그때 박민지의 대답은 소설의 결말을 만드는 데 결정적인 역할을 했다. 그녀는 넌지시 "그 사람은 무조건 낙선하겠네?" 라고 말했다. 나는 왜 그렇게 생각하느냐고 물었다. 그녀의 대답은 "소설에 나오는 사람은 왠지 낙선할 것 같은데, 좌절할 것 같고……"였다. 문득 내겐 아, 이 사람을 무조건 1등으로 만들어야겠다, 는 생각이 들었다. 사실

동생이 소설을 즐겨 읽는 사람은 아니었고, 그래서 내겐 이 말이 더 중요했다. 왜 소설 속에 나오는 사람은 당연히 떨어질 거라고 생각을 했는지. 소설 속 캐릭터는 항상 무게를 지고 좌절한다는 편견도 재미있었다. 이것을 뒤집어본다면? 이 소설에서 선이 1등을 했다, 까지는
나오지 않지만, 결국은 1등을 한다는 설정이 되었다. 동생이 생각하는 드라마틱한 이야기란 낙선하고 절망하는 이야기였다는 것이다. 동생은 완성된 소설을 읽고, 낙선을 하는 과정이 드라마틱할 거라고 생각했는데, 여기서 "나 이거 안 하면 1등 못 해"라는 그 말을 진짜로 하니까 '사람들이 나에게 바라는 건 드라마다'라는 것이 현실적이라는 생각이 들었다고 했다. 실제로도 방송에서는 모델의 역량보다는 독특한 '캐릭터'나 '드라마'가 있어야 되는 거니까, 라고도 덧붙였다.

소설의 설정은 지금-여기의 현실과는 다르게 레즈비언, 게이 부부가 법적으로 동성혼과 아이를 입양해서 사는 게 가능한 사회다. 그것을 드라마라고 명명하며 팔고 있는 설정인데 이것 역시 모델로서 자기 캐릭터를 상품화하는 과정에서 현실적일

수 있겠다, 싶었던 거냐고 물었더니 박민지는 패션모델의 제반 업무와 비교하며 '방송이니까, 쇼비즈니스니까'라고 말했다. 미국에서는 실제로 아이를 입양한 동성부부까지는 모르겠지만, 오디션 프로에서 드랙퀸, 트랜스젠더가 자기 캐릭터를 상품화하기도 하니까……. 당연하게도 내게는 쇼비즈니스의 냉혹함을 이해하고 있는 모델에게 궁금한 것이 있었다. 사실은 소수자라는 건 굉장히 힘든 과정을 거쳐서 자기 정체성을 삶으로 만든 것인데 그걸 캐릭터로 만들어 과장되게 강조하는 것에 대해 어떤 불편함은 없었는지. 박민지는 그것이 이슈가 된다는 걸 알고서 그들이 선택한 거니까, 라고 하면서도 대학 시절의 경험으로 인해 아웃팅에 대한 공포가 있는 설혜가 입양한 아이와 함께 출연해야 한다는 것, 그것이 그녀가 가장 사랑하는 사람으로부터 강요받는 선택이며 '나의 성공을 위해 네가 희생해야 해'라는 주장과 더불어 관철되어야만 하는 요구라는 점은 도무지 납득할 수 없다고 했다.

그녀에게도 인생이 있고 방송이 다가 아닌데, 박민지는 말했다.

그녀는 너무 미련하다고도.

나는 질문을 바꿔 물었다. 질문이 길어졌다.

동성혼이 가능해진다면 동성애자가 행복해져야 할 것 같은데, 여기서도 역시 자신의 캐릭터를 소비해야 하고, 그냥 지금과 똑같구나, 내가 저런 쇼에 나와서 드라마를 만들려면 내 상처까지 꺼내야 하고, 누가 강요하진 않았지만 사회 자체가 그게 가능한 사회니까 선이 그런 꿈을 꾸는 거잖아, 쇼비즈니스 자체가 폭력적인 구석이 있기 때문이잖아. 실제로 염색을 안 하면 집에 가야 한다고 이야기하면 그것이 마치 자신의 잘못된 선택으로 인해 성공할 수 있는 길을 포기한 것처럼 생각되게 하는 현장이잖아. 내가 더 야망을 가지지 못해서 실패한 것처럼 만드는 세상인 거잖아. 얼마 전에 본 미국드라마에서도, 아빠 둘, 그러니까 게이들에게 입양되어 사는 동양 여자애가 나오는데, 아빠들이 얘를 멋지게 키우려고 노력해. 아빠들은 직업도 좋고 돈도 많고 아침마다 신문 읽히고 논술 쓰게 하고. 그런데 이 여자애는, 아주 쿨하고 멋지고 다정한 게이 아빠들에게 키워지는 아이인데, 어쩌다가 여자에게 끌렸어. 당연히 그것이 혈통이고 유전일 리가 없잖아? 그런데 그런 생각과 더불어 게이 아빠들 사이에서

자라면서 내가 레즈비언이 되면 사람들이 더욱 욕할 것이다, 이렇게 생각하는 거야. 역시 게이 부부가 애를 키운다는 건 애한테 안 좋은 영향을 미치는 거야, 이렇게 욕할까 봐 자기가 여자한테 끌린다는 것을 말을 못 해. 겉으로는 힙한 가족의 아이지만 상처를 받고 있는 거잖아. 박민지는 짧게 대답했다.

'사회와 결혼제도가 지금과 같은 이상 동성애자들이 결혼해도 행복하지 않겠구나. 그래서 그건 유토피아가 아니구나.'

어차피 유토피아는 결코 도달하지 않는 과정일 뿐이다.

소설의 디테일에 대해 사후적으로 물어본 것들이 있었다. '플래시 세례에 눈이 멀어버리진 않을까'란 표현, 나는 실제로 동생의 눈 건강을 걱정했다. 그런데 소설의 다양한 면면이 매우 현실적이라고 주장하던 박민지는 그 대목을 지적했다. 그건 플래시라기보다는 조명 때문이라고, 플래시를 정면으로 보는 건 아니니까. 모델들이 바라보는 카메라는 플래시가 터지지 않으니까. 대각선으로 비추는 조명이 광대에 역삼각형으로 내려앉는다, 라는 표현은 굉장히 와닿았다고 했다. 화장대에 앉은 자신의 얼굴을 바라보는 장면이었다.

박민지는 자신의 직업을 정의해달라는 말에 이렇게 대답했다. 모델은 말 그대로 비어 있는 것, 거기에 무언가를 채워 넣는 것. 옷, 화장품, 스타일, 분위기, 트렌드를 보여주고, 이 시즌에는 이런 게 멋지다, 라는 것을 내 비어 있는 몸에 덧입혀 보여주는 것. 그런 멋진 디자인들과 꾸준히 관계를 맺는 것이다, 라고. 인터뷰를 하는 내내 '모델로서의 선의 모델'이 된 박민지가 소설을 읽으면서 불편하지 않을까 염려했고 그에 대해서 물었다. 그녀는 초연하게 그렇지 않았다고 대답했지만, 소설을 쓰는 사람 입장에서 그것은 결코 염려하지 않을 수 없는 부분이다. 내 가족이자 표제작의 모델이 되어준 동생과 대화를 나누며 나는 소설 쓰기의 무게를 다시금 실감했다. 소설을 쓰는 동안에는 애써 의식하지 않으려 하지만, 그것이 내 손을 떠나갔을 때 짓눌러 오는 죄책감과 서글픔에 대해서.

필드워크의 스승

나는 대학에서 문학을 전공했다. 소설가이므로 당연히, 누군가에게 문학을 배우고, 학습했으리라 믿는 사람들이 있을 수도 있지만 모두가 그러한 것은 아니다. 아직도 어떤 사람들은 문학은 타고난 천재나 경험 많은 이야기꾼이 들려주는 권위적인 목소리라고 생각한다. 그러한 세간의 인식은 문예창작과 출신을 '패턴화된 학습자'쯤으로 치부하며 깎아내리는 데 일조하기도 하는데, 나 자신에 대한 변명이 아니라고 할 수는 없지만, 내가 대학에서 배운 것은 그 '테크닉'을 넘어서는 것이었다. 물론 '테크닉'을 배우는 일이 쉽다는 뜻도 아니다. 문학 생산자 역시 다른 직업과 마찬가지로 준엄한 직업윤리를 갖고 남들이 갖지 않은 테크닉을 연마하여 업무를 수행해야 한다고도 생각한다.

그러므로 언제나 낮은 자세로, 세상 정족수를 채우듯 필요한 자리에서 소설을 써내는 일. 전성태 소설가는 내게 그것을 가르친 스승이었다. 그가 대학생인 내게 처음 가르쳐준 것은 그동안 관습적으로 써왔던 잘못된 표현들을 수정하는 것이었다. 그는 빨간 펜을 든 교정자의 자세로 내 작품을 손봐주었는데, 이는 전통적으로 '예술계 대선배'의 카리스마로 수업을 이끌어가는 학풍과는 다소 다르게 느껴져 의아하기도 했다. 선생은 내 소설을 다 이해하지는 못하지만, 어떤 구절은 '지당한 말씀'이라고 칭찬했다. 취향과 호오가 달라도 '이건 틀렸다', '잘못 쓰인 작품이다'라고 이야기한 적 없다. 내게 그의 그런 모습은 깊은 깨달음으로 남아, 훗날 소설 창작을 가르치거나 다른 이의 작품을 볼 때 함부로 '잘못되었다'고 말하지 않는 습관을 남겨주었다. 그건 아마 그때의 역시 '쓰는 사람'으로서 가르쳤기에, '필드워크'의 사람이었기에 그랬으리라. 내게 같이 뛰는 스승이 있다는 사실은 그때나 지금이나 벅찬 행운이다.

죽거나 혹은 나쁘거나
—소설의 인물에 대하여

오랫동안 나는 인물을 만드는 일에 제법 자신이 있다고, 자부해왔다. 창작 강의에서 나는 다음과 같은 인물 제작 과정을 공개하곤 했다. 인물의 생몰년도뿐만 아니라, 소설에 드러나지 않을 각각의 세목들을 자세히 구성(가령 인물의 질환 여부, 주민등록등본 변경 사항, 거쳐간 학교들에 대한 정보)하여 각 인물의 연표를 만들면 소설의 물적 토대가 훨씬 튼튼하게 형성되리라고 설파했다. 인물의 생몰을 모두 조명한 몇 권의 장편소설을 감명 깊게 읽고 난 후 생겨난 버릇이자 나름의 창작방법론이었다. 대학 시절에도 나는 시트콤의

드라마 창작론에 깊은 관심을 가졌는데, 까닭은 역시 시트콤이야말로 인물이 이끌어가는 장르라고 생각했기 때문이다. 자기가 만든 세계를 믿기 위해서는 기본적인 물적 토대가 형성되어야 하고, 나는 그 근원을 인물이라고 생각했던 것이다. 정확하게는 내가 만든 인물에 대한 확실한 정보. 그런 생각을 기반으로 내가 만든 인물은 생동하는 캐릭터를 갖고 있으며, 그것이 서사에 기여하고 있다는 믿음을 오랫동안 가졌었다.

그러나 요즘은 의문에 사로잡힌다. 나는 과연 입체적인 캐릭터를 만들고 있는가? 애초에 단 한 번이라도 그런 인물을 만들었던 적이 있었나? 인물이 서사의 기반이 되는 물적 토대로서 존재하기는커녕 소설이 담지한 주제의식을 전달하는 괴뢰傀儡로서 존재하지 않았나. 내 소설에 대한 이런저런 평가들 중에는 "인물이 작가의 입맛에 맞게 작위적으로 움직인다", "인물의 마음에 도저히 공감하기가 힘들다"라는 말이 도처에 있다. 오랫동안 자신의 창작방법론이라 믿으며 의지를 갖고 설파하던 인물 중심 서사를, 나는 과연 성공해낸 적이 있는가. 한편으로는 이러저러한 평들을 의식하며 스스로의 글쓰기를 의심하는 나는 온당한가, 생각한다. 지금 어떤 독자들의 눈치를 보고 있다면, 과연 나로부터 설정된 가상의 그 독자들은 또 누구인가.

이러한 의문과 고민을 통해 나는 내가 만든 인물들을 하나씩 돌아보게 되었다. 어떤 인물은 일부러 독자의 몰입을 거부하는 듯 마치 서사극의 배우처럼 양식화되어 있고, 어떤 인물은 예의 독자들이 지적한 대로 주제의식을 말하는 마리오네트처럼 보인다. 그 인물들에 대한 세간의 평가에 대해 방어라도 하려는 듯 나는 인물 만들기의 어려움을 매번 실감한다. 그 실감의 핵심에 흔히 소설이 '정치적'이라고 평가받아온 데 대한 방어기제가 포함되어 있다는 걸 알고 있다.

소설은 어떤 경우에도 정치적이다. 나는 그렇게 생각한다. 현실 사회의 문제점을 보여주는 어떤 '정치적 사안'을 다루는 작품만 정치적인 것은 아니다. 더러 그러한 소설과 대척을 이루는 종류의 소설이라고 일컬리는 깊은 내면을 표현하는 작품도, 몰입이라는 수단을 통해 독자의 마음을 움직이기에 다분히 정치적인 것이다. 나는 꽤 오래 내 작품이 정치적인 것을 넘어서 일종의 프로파간다가 될까 봐 두려워했다. 주제의식이 선명하고 그것을 날것으로 보여준다는 또 다른 종류의 평가 역시 매우 신경 쓰였던 것이다. 간혹 블로그나 리뷰란에 소설에 대한 감상을 남기는 독자들이 했던 말은 이러했다. 내 기억의 편의대로 요약하자면, '작가는 지나치게 PC(Political Correctness, 정치적 올바름)함에 경도되어 있으며 인물과 사건 역시 작가의 주장을 뒷받침하기 위해 복무할 뿐'이라는 것이었다. 결국 나는 소설의 인물과 캐릭터성은 작가 자신이 아무리 노력한다 할지라도 애초에 작가가 가졌던 의지대로 읽히긴 어려우며, 오히려 그렇게 읽히는 것이야말로 프로파간다적인 것은 아닌가, 라는 생각을 하게 되었다.

이와 연관해 내게 여러 가지 의문들을 축적한 계기가 된 하나의 작품이 있다. 길리언 플린의 『나는 언제나 옳다』라는 단편소설이다. 간략하게 내용을 소개하면, 손목에 문제가 생겨 더 이상 남자들의 수음을 대신해주는 일을 할 수 없게 된 주인공이 점을 보다가 이상한 저택에 들어가게 되는 고딕풍의 스릴러다. 이 인물은 처음에는 거북스럽고 다음에는 소설은 어떤 경우에도 정치적이다.
어떤 '정치적 사안'을 다루는 작품만
정치적인 것은 아니다.
깊은 내면을 표현하는 작품도,
몰입이라는 수단을 통해 독자의 마음을
움직이기에 다분히 정치적인 것이다.

불쌍하다. 내겐 그런 느낌으로 남았다. 여성 인물이 자신을 초점 화자로 삼아 서사를 이끌어가는 내용인데, 이 원탑 주인공의 캐릭터가 너무나 형편없었던 것이다. 나로선 인물에게 공감하기도 어려울뿐더러 자꾸 일을 그르치는 인물의 미련함과 멍청함이 영 마음에 들지 않았다. 더욱이 소설은 이런 뉘앙스마저 풍긴다. '본디 여성인물은 누구라도 이러하다'는 듯한 뉘앙스. 나는 이 인물을 놓고 사람들과 토론을 했다. 이 인물은 여성혐오적인 캐릭터인가, 아닌가. 모든 여성을 대변하는 전형성을 갖고 있는 캐릭터일진대, 인물이 보여주는 모습은 너무나도 반여성적으로 느껴졌던 것이다. 토론에서 누군가가, "이런 인물도 쓰여야 하지 않나요"라고 말했는데, 당시에는 그 의미를 잘 이해하지 못하다가 얼마 후 길리언 플린의 인터뷰 번역문을 읽고 그 말을 다시 생각했다. 작가 길리언 플린은 다름 아닌 소설의 주인공이 전경화하는 캐릭터가 여성혐오적이지 않냐는 질문에 이렇게 대답한다. "그런 인물을 참아주지 못하는 것이야말로 여성혐오 아닌가."

생각해보면 내가 만들어낸 인물들 역시 하나같이

온전치 못한 인물들이었다. 여성 인물들의 경우만을 예로 들어보면, 두 형제에게 번갈아 강간과 폭행을 당하면서도 아무런 저항도 하지 않는 인물, 부당발령 전보를 받고 회사에서 쫓겨난 동료를 찾아가지만 결국 아무런 도움을 주지 않는 인물, 어머니를 증오하고 멋대로 다른 여성을 선망하고 또한 다른 여성에게 날것의 폭력을 행사하는 인물. 내가 이 소설들의 독자였다면 처음에는 불쾌하고 다음에는 피곤했을 것 같다. 그런데도 내 소설을 줄곧 견디며 읽어준 독자들 중에 한 명이 내게 이런 말을 해 왔다. "이제는 롤모델이 될 만한 여성 인물을 만드는 것도 좋지 않을까요?"

그 질문을 받고 나는 황망했다. 나는 단 한 번도 소설의 인물을 영웅적으로 그리지 않았던 것이다. 작가 자신이 갖고 있는 인간에 대한 회의 때문일 수도 있고, 영웅적인 인물은 외려 평면적이라 서사에 기여할 수 있는 바가 턱없이 부족하다고 생각했을 수도 있다. 그런데 어떤 독자들은 영웅적인 여성 인물을 원하고 있었다. 길리언 플린의 소설에서 느낀 바와 같이 내 소설의 인물들을 보면 하나같이 무능력하고 폭력적이고 치졸하기 짝이 없기에(그것이 '남성'이든 '여성'이든 간에) 독자들은 쉬이 무력함에 빠졌을 수도 있었을 터였다.

나는 진지하게 생각해보게 되었다. 내가 인물을 만드는 데 공들이는 것과 달리 종종 인물이 생동감 없는 작가의 인형으로 느껴지는 까닭, 여성 중심의 서사를 쓴다고 하면서 자주 반여성적인(반영웅적인) 인물을 내세우는 까닭에 대해서. 이 고민은 내 창작의 중핵이라고도 할 수 있었다. 고민은 결국 작품으로 이어져, 나는 지난 계절에 소설가인 화자를 내세워 인물을 만드는 일의 어려움을 고백한 소설을 발표했다. 주인공은 특이한 이력을 가진 사촌 언니를 소설의 주인공으로 사용하고자 하는데, 오랫동안 취재하고 그녀의 이야기를 귀 기울여 들었음에도 자신이 소설을 쓰면서 그녀를 대상화하고 있다는 생각을 떨칠 수 없다. 주인공은 여러 버전의 사촌 언니를 소설 속에서 재창조하는데, 모든 인물이 그녀에게서 비롯되었으나 역시 모든 인물이 그녀로부터 벗어나 있다는 걸 깨닫게 된다. 또한 소설이라는 장르, 문장이라는 형식이 애초에 대상화를 감수하고 있다는 생각을 하면서도 그것이 자기 창작의 변명이 될 수는 없다는 사실을 안다. 그러므로 누군가에 대해서, 게다가 실존 인물이 배경이 된 어떤 인물에 대해서 쓸 때 '그렇게밖에 쓸 수 없음'을 견딜 수 없는 실존적 고민을 털어놓는 소설이다. 이 작품이 얼마간 성공적이었는지에 대해서는 확신이 없다. 그러나 어쩌면 그 작품이야말로 '나는 왜 쓰는가'에 대한 답변이었으리라는 생각이 든다.

결국 내 소설 속 인물들은 대부분의 경우 생동하지 않고 죽어 있거나, 작가의 입맛대로 움직이거나 둘 중 하나라고 생각하면 가슴이 답답하다. 인물의 입을 통해 중요한 대사를 말하게 할 때, '작가의 마리오네트'라는 말을 귓속에 누군가 속삭이는 것 같아 멈칫할 때가 있다. 사실 내가 설정한 가상의 독자는 바로 작가 자신이었던 것이다. 누구도 그렇게 평하지 않았는데 지레 겁먹었던 거였다.

소설이란 장르에 매혹되어 여기 없는 것을 있는 것처럼 만들어내는 일, 그리고 그렇게 만들어진 가상을 다시 부수는 일, 자신이 믿은 리얼리즘대로 존재할 것만 같은 인물을 만들어내는 일을 거듭해왔다. 그러나 여전히 인물을 만드는 일은 어렵고 다시 못 할 것만 같은 작업이기도 하다. 내가 작가임을, 작품은 내가 속한 세계이며 내가 믿는 세계라는 것을 알면서도.

자꾸 실패한다는 사실이 유용해지는 까닭에 대하여

이 글은 인아영 평론가의 「문학은 억압한다」를 내 방식대로 독해하고 한편으로 받아 적으며, 그의 사적인 경험들과 더불어 정립된 개념을 경청하겠다는 의지에 의해 비로소 시작할 수 있었다고 밝히고 싶다. "처음으로 김현을 읽은 것이 언제인지는 기억나지 않지만" 마음을 진정시키기 위해 오래 걷던 날, "문학은 다른 분야와 무엇이 달라서 이토록 나를 어쩔 수 없게 만드나"라고 생각했다는 대목을 읽을 때 나로서는 정확하게 대칭되는 기억을 떠올릴 수밖에 없었다. 나는 문학특기자로 문예창작과에 진학해서 소설창작을 전공했고, 줄곧 문학이 아닌 다른 분야를 감히 꿈꾸어볼 만한 여력도 없이 살아왔다. 그것은 불행인지 다행인지(이십 대의 나는 내내 정확히, 그것은 불행이라고 생각했던 것 같다) 오로지 내 주변은 미성년자 시절부터 문학주의자들뿐이었으며, 기왕에 문학을 하기로 했으면 무릇 다른 데 눈 돌려서는 안 된다는 가르침을 받아온 것 같다. 대학을 졸업할 무렵에 내가 가졌던 의문은 "그렇다면 문학은 다른 분야와 무엇이 달라서 이토록 나를 어쩔 수 없게 만드나"라는 것이었는데, 이 문장은 인아영의 문장과 똑같지만, 아마도 전혀 다른 의미를 내포하고 있을 것이다.

문학이 그토록 순정한 것이라면 내 삶을 온통 채우고 있는 '문학적인 방식'이라는 것은 왜 때로 나를 더욱 불행하게 만드는 걸까. 그때쯤의 내겐 삶이 문학적인 방식을 만드는 것인지, 문학적인 방식이 삶을 만드는 것인지 구분할 역량조차 없었다. 문학 공동체에 속해 있는 다른 친구들보다 한 권이라도 더 읽는 것이 우선이었고, 불우하기 짝이 없는 경제적 조건을 이겨내고 등단을 하고, 그리고 '살아남는다는 것'이 중요했다. (애석하게도 문창과

학생은 신입생 때부터, 문단이란 지극히 생존율이 낮은 곳이라는 이야기를 귀에 딱지가 앉도록 듣는다.) 때로는 '나는 감정에 휘둘리는 인간이 아니라, 그저 이야기를 만드는 기계일 뿐이다'라는 자위가 통할 때도 있었지만, 문학밖에 없는 곳에서 문학 그 자체가 무엇인지 구별할 능력을 상실해가고 있다는 것을 나는 지극한 두려움으로 체감하고 있었다. 범박하게는 일상생활이나 인간관계에서도 나를 사로잡고 있었던 특유의 문학적 수사들이 마땅히 잊고 넘어가야 할 상처를 들쑤시고 헤집을 때가 많았다. 오랫동안 떨쳐내지 못했던 폭력적인 연애에서조차 '이 정도 슬픔쯤은 문학하는 자로서 당연히 감수해야 하는 것 아닌가' 따위 생각을 하며, 굳이 이해하지 않아도 되는 타인의 '미묘하고 이상한 마음의 무늬'를 헤아려보려 애썼다. 스물두 살에 내가 즐겨 읽었던 시, 허수경의 「폐병쟁이 내 사내」를 읊으며, 그렇게 다시금 저 폭력적인 자를 받아들여야 하는 것 아닌가 곡해했던 나를 생각하면, '문학 외에는 아무것도 없다'라는 정의가 내 삶을 얼마간 망쳤는지 떠오르며 아득해진다.

그래서 나는 문학하는 자들을 잠시나마

떠나보기로 결정했다. 첫 번째 발걸음은 우연히 알게 된 세미나 네트워크에서 마르크스주의의 역사라는 수업을 들어보는 것이었다. 대학 동아리에서도 방학 때가 되면 며칠간 합숙하며 사회과학을 읽고 토론하는 학습을 했는데, 선배들이 이미 선정해놓은 책을 따라 읽고 그들의 가르침을 받는다는 것에 신물이 난 상태였다. 그리고 솔직히 말하자면 나는 문창과에서의 '학습'이 그다지 제대로 된 것이 아니라고 생각하고 있었다. 문학 공동체에서 받은 내적인 상처와 환멸이 오히려 문학이 아닌 다른 분야에 대한 환상을 과도하게 만들어냈던 것 같다. 문학에서 도망가보려고 선택했던 모든 사회과학(페미니즘에도 그땐 그런 식으로 관심을 가졌다)은 내게 신세계였다. 사회과학의 시점에서, 문학의 언어라는 것은 순진하고 게을렀고 멍청하기 짝이 없어 보였다. 사회과학은 내게 더욱 엄밀하고 정치하고 명쾌한 방식, 문학보다 인간을 더욱 환하게 밝혀주는 것으로 보였다. 그러나 내게 '태생이 어디 가랴, 이것도 내력인걸' 따위의 생각을 결국 하게끔 만들었던 계기는, 그때 한창 세미나를 주도하던 강사가 내게 '활동'이라는 것을 권했을 때였다. 소득 수준이 낮은 가정의 아이들에게 문예 봉사를 해달라는 말을 했을 때, 내가 처음 했던 생각은, '난 그런 것 못해, 그런 건 건강한 당신들이나 해, 나에게는 그저 마르크스의 문장도 여느 소설의 문장처럼 아름다워 보였을 뿐이야……'라는 것이었다. 내가 문학 전공자였기 때문에 활동을 못했다는 건 아니다. 그건 나 자신을 모욕함과 동시에 수많은 문예운동집단을, 또한 활동가를 모욕하는 말일 뿐이다. 다만 '나는 못해(왜? 난 돈도 벌어야 하고 등단도 해야 하니까 그럴 시간이 없어)'라는 주장의 근거를, 내가 '나약한 문청이다'라는 데 두었다는 것. 사회과학의 언어를 베껴 쓰며 문학의 언어를 깔아뭉개고자 했던 내가 종국에 나 자신을 변호할 때에는 그 문학의 무용함을 적극적으로 활용하고자 했다는 것. 내 생애 가장 씁쓸한 기억 중 하나다.

몇 번이고 그런 생각에 사로잡혔다. 영등포 성매매 집결지가 붕괴될 때, KTX 승무원들의 투쟁 때, 그리고 마땅히 어떤 어린이들에게는 글쓰기를 가르쳐줄 선생님이 필요하다는 걸 알았을 때마다, 내가 쓰는 소설 한 줄보다 언니들과 아이들 옆에

가 있는 것이 더 중요하다고. 이십 대의 나를 가장 불행하게 만든 사람들이 전부 글 쓰는 사람들이었고, 내가 쓰는 글은 세상을 바꾸지도 못할 것이고 나 자신조차 바꾸지 못한다고. 그러나 나는 그런 회한을 부족한 시민의식을 변명하는 데 좀 더 세련된 방식으로 사용했을 뿐이었다. 정작 선택의 순간은 넘치도록 있었는데, 나는 그때마다 '나는 나약하니까, 문학으로 돌아갈 거야' 하고 팽 하니 책상에 엎드려버렸다.

대학원에서 다양한 사회과학 이론을 배우면서 나는 오래전 유명한 소설가의 신간 기사에 달렸던 댓글, "소설가들은 글줄 쓴다고 까불지 말고 공부 좀 해라"라는 모욕이 내내 나를 괴롭혔음을 뒤늦게 깨달았다. 문화연구를 전공하는 내게, "소설의 소재를 찾으려고 공부하는 것이냐?"라는 질문이 꽤나 자주 따라붙었는데, 그 말이 사실이었고, 사실이라 해서 부끄러운 것도 아님을 지금은 잘 알지만 그때는 얼굴을 붉히며 화를 냈던 것 같다. 그저 나 자신의 얼굴 생김새를 부끄러워하는 것처럼 나는 창작도, 창작하기 위한 나름의 노력들도 전부 부끄러워했던 것 같다. 지금은 어렴풋이 알고 있다.

문학의 실체를 문학이 없는 곳에서 차이를 통해 보려 했던 것도, 자꾸 나 자신의 부족함과 문학의 순진함을 연결시키려 했던 것도, 전부 그저 솔직한 나 자신이라는 걸. 내겐 문학에 대한 어떤 환상도 없다는 것이 기분이자 태도였고 사실은 좀 더 제대로 된 소설을 써보고자 노력했지만 가끔은 생활인으로서, 시민으로서의 나를 변명하기 위해 문학의 무용함을 들먹이려 했다는 것을.

2015년 이후에, 많은 것들이 달라졌다. 너무 많은 것들이 달라졌다는 걸 느끼지만, 그중 개인적으로 가장 좋은 것은 '털어놓아봤자 통렬하다는 사실 외에 뭐가 있느냐'라고 느꼈던, 사적인 경험들이 어떤 경우에는 자기방법론을, 또한 개념적 진실을 엄밀하게 증명하는 수단이 되기도 한다는 것이다. 이제는. 내게는 인아영의 글이 그러했고, 다시 한번 호출하는 문장, "문학은 다른 분야와 무엇이 달라서 이토록 나를 어쩔 수 없게 만드나"는 내게 정확히 반대되는 의미를 포함하지만 종국에는 같은 지점을 상상하게 만든다.

나는 이제 문학이 아프지 않다. 이제는 문학이 나를 억압한다는 것을 조금은 인정하기 때문이다.

최후의 심판대에서 맑다는 것

2015년 가을 나는 「버드아이즈 뷰」라는 제목을 가진 단편소설을 발표했다. 여러모로 아쉬움이 많이 남는 작품이지만 퇴고하기가 무척 어렵다. 근본적으로 작자인 내가 스스로에게 갖는 혐의가 있다. 한편으로는 바로 그 혐의 때문에, 소설에 내재된 여러 문제점을 일종의 징후로서 남겨두어야 하지 않는가, 라는 생각도 한다. 이것은 작자의 게으름에서 비롯한 자기합리화인가? 고민 끝에 그 혐의를 세간에 고백하는 것으로 글을 시작하려고 한다.

오랫동안 나는 피해자-가해자 구도가 비교적

선명한 이야기를 상상하고, 써왔다. 상황은 다양했을지 몰라도 주로 피해자는 청년 여성, 가해자는 중년 남성이었다. 이러한 구도는 피해자가 무력이 부족하며 계산이 빠르지 못한 '여성'이며 가해자는 악랄하고 힘세며 이기적인 '남성'임을 동시에 의미한다. 해를 가한 쪽은 아버지거나 나이 많은 애인이거나 권위를 가진 선생이거나 길에서 만난 위협적인 남성이다. 굳이 그가 힘이 세거나 나이가 많거나 피해자를 위협하는 권력을 갖고 있다고 묘사하지 않아도 이미 '남성'이다. 「버드아이즈 뷰」의 가해자(로 추정되는 인물)는 심지어 청소년기를 주된 거처로 삼는 인물인데도 누가 봐도 무리 없이 앞서 서술한 구도의 남성이다.

이러한 구도의 선명성이 불러일으키는 사회학적 분석 여건이 있다는 것도 분명히 인지하고 있다. 하지만 더불어 작가는 사회학자가 아니며, 사회학적 분석틀을 작품으로써 제공할 필요도 없고, 더욱이 어떤 사회적 의제를 작품의 메시지로 사용해서는 안 된다고 생각한다. 정도에 따라 다르겠지만 나는 특정한 사회학적 발언을 의도한 채 만들어지는 작품은 프로파간다로 경도될 가능성이 높다고 생각하며 그 무엇보다 경계한다. 작가로서의 신념이 이렇듯 나름 분명하기 때문에 간혹 최초의 의도와 전혀 무관한 방향으로 흘러가는 작품 해석을 보아도 신경 쓰지 않는 편이다. 그게 그 작품이 태어나서 살아가는 운명 아닌가, 누구도 자신의 얼굴을 결정하고 태어날 수 없었듯 작품도 마찬가지이리라 생각한다.

혐의를 고백하는 일이 이토록 어렵다. 피해자-가해자 구도가 선명한 이야기를 상상하고 써오면서 나는 끊임없이 '전경화'를 했다. 그 폭력에 돋보기 거울을 대고 부각되도록 애썼다. 정말이지 작자로서 '애쓴' 부분이 있다면 어느 작품에서나 빠지지 않고 등장하는 폭력적인 상황을 얼마나 잘 보여줄 것인가, 였을 듯하다. 가해자와 피해자가 대면하지 않는 장면에서도 물론 가해자가 자신의 생각을 거침없이 드러내거나, 피해자가 폭력을 전면적으로 내면화하거나 할 때가 있다. 개인적으로는 그런 방식의 서술을 할 때 가장 고통스럽다. 이것이 일종의 양식화된 기괴함이라는 것을 잘 알고 있고, 지금 '연출'하고 있다고 생각하면서도 간혹 이렇게 되뇌는 것이다. '내가 왜 이런 쓰레기 같은 말을 하고 있지?' 그러나 진정으로 자신에게 되묻는다면, 나는 이렇게 말할 것이다. "정말이지 내게 그런 말을 해버리고 싶은 선정적인 욕구, 선정성에 대한 욕구는 없었을까?"

「버드아이즈 뷰」에서는 다양한 종류의 여성혐오가 등장한다. 초점 인물들은 주로 강남 중산층 자제들이기 때문에 특유의 계급적 혐오발언도 심심치 않게 나온다. 어느 정도는 내가 살아오며 현실 속에서 직접 인간의 육성으로 들은 말들이다. 사실 그런 말을 내 귀로 들어본 적 있다는 생각, '들어본 적 있다'는 그 자체가 현상의 핍진함을 수반하리라는 다소 나태한 생각 때문에 자신 있게 쓰는 경우가 대부분이다. 그러나 이 지점에서, 어떤 폭력의 전경화를 위해 과장되게 연출한 기괴한 장면이라는 알리바이가 다소 무너진다. 내가 들었고, 그래서 싫었고, 끔찍했고, 고통스러웠고, 싸워왔다. 그것이 내게 소설 속 인물, 화자의 입을 빌려 폭력을 다시금 저지를 수 있는 면허를 준다는 말인가. 재현의 과정에서 내게는 한 줌도 그러한 혐오발언에 대한 배설욕구가 없었는가. 그럴 때 절대 없었다고 이야기하지 못할 것이다. 이것이 여러 작품 중에서도 특히 「버드아이즈 뷰」에 갖는 강력한 혐의인바, 서술하는 내내 또한 당혹스럽다.

내게 애초부터 가해자의 목소리를 그대로 재현하는 습관이 있었던 건 아니다. 나는 본래 피해자 입장에서, 착취된 입장에서 이야기를 했다. 피해자-가해자 구도가 선명한 소설을 쓰다 보면 여러모로 고민되는데, 서두에 쓴 대로 이것이 사회적 의제를 온몸으로 속삭이는 (심한 경우) 프로파간다가 될지도 모른다는 점 외에도 피해-가해 구도 자체가 무너지는 소설의 자연스러운 흐름 속에서 작가는 방황하게 된다. 어떤 악과 자기도 모르게 공모하는 순간의 매혹을 나는 가장 적극적으로 즐겨왔는데, 이런 이야기를 할 때 자연스럽게 채택하게 되는 이야기의 전제는 결국 피해자(여성)와 가해자(남성)의 구도다.

그러나 나의 오래된 매혹이 좌절되었던 경우가 제법 있었다. 문창과 학생 시절부터다. 상기한 대로 소설을 써 가면 모두 그 피해자(여성)가 바로 나 자신이라고 생각하는 것이다. 왜, 나는 소설을 썼을 뿐인데? 그러나 작자인 내가 바로 생물학적 여성이었고, 여성주의에 깊은 관심을 갖고 공부하는 학생이었으며, 아버지와 정치적 견해가 맞지 않아 싸운다는 이야기를 많이 했었고, 남학우들의 나쁜 습관에 대해 자주 지적하며, 남자 애인을 두고 있었기 때문이라는 것을 알고 있다. 당시 남학우들 사이에서 내 소설은 "남자들이 읽기엔 좀 불편한 소설"이라는 말을 듣는다고 했다. 말인즉슨 남자를 적으로 두는 여자의 이야기이며, 그런 여자가 나오는 이야기라는 것이다. 여기서 내가 항변할 수 있는 말이 뭐가 있겠으며, 항변할 필요 역시 있었겠는가. 당시만 해도 학내에서조차 여성주의는 이단아들이나 하는 것이었고, 못생긴 여자들이 하는 것이라는 이야기도 많이 들었고, 남자와 여자가 싸우는 것이며, 그런 관점으로 쓰는 소설은 '편협한' 소설이라는 평가를 들었던 모양이다. 물론 지금도 세간의 평가가 크게 진보했다고 생각하지는 않는다. 다만 내가 어느 정도 굴복했다고 이야기하고 싶다. 이보전진을 위한 일보후퇴였는지 지금도 고민 중이다. 대학 때의 편견 이후로 어느 시점부터 나는 일인칭 여성 화자를 잘 쓰지 못하게 되었다는 점. 이 글을 쓰면서 비로소 아프게 인정하게 된 사실이다.

이야기의 피해자가 작자 자신이라는 오해를 입는 것이 싫고 그것이 '후지다'고 생각하여 일인칭 여성 화자 자체를 기피하게 되었다는 점. 이러한 식민화를 겪은 후 창작을 하며 폭력의 전경화 앞에서 가끔 가해자에 '빙의'되는 자신을 발견하고 두려웠다는 점. 창작자로서 참으로 모양 빠지는 고백이다.

단순히 일인칭 여성 화자를 쓰지 않는다고 쉬이 소설 속 피해자와 동일시되지 않는 것은 아니라는 점 역시 등단한 이후 알게 된 것 같다. 나는 여성작가이며, 그래서 소설 속 여성이 곧 내가 된다. 첫 번째 소설집인 『유령이 신체를 얻을 때』를 통해 결과적으로 나는 다양한 여성 피해자가 등장하는 소설들을 발표했다. 아버지, 권위를 가진 선생, 나이 많은 애인 등에게 당하고 무너지는 여성 인물들이 등장한다. 그러다 보니 가정폭력의 피해자, 데이트폭력과 강요된 유산 등 갖가지 성폭력의 피해자가 등장한다. 그 이야기들을 일인칭 여성 화자의 목소리로 한 것이 아님에도, 나는 이런 말들을 듣게 된다. "작가가 연애를 좀 심각하게 했던 것 같다", "작가가 나쁜 남자들을 많이 만났나 보다" 등등. 처음에는 '고급 독자'인 비평가들과 동료 작가들조차 그런 말을 한다는 것을 알게 되고 실소를 터뜨렸지만, 갈수록 고민이 깊어졌고, 다시 내적 식민화에 직면하게 된다. 이런 이야기들을 창작하는 이상 작자 자신이 이런 이야기의 생존자 취급을 받는 운명을 감당해야 하는가? 내 이야기는 고작 그런 생존자-내러티브일 뿐인가? 정작 나는 재현 과정에서의 또 다른 착취와 픽션의 폭력에 대해서도 충분히 어려움을 겪고 있는데, 외적으로는 허구를 만드는 테크니션이라기보다는 '생존자'의 입장에 가까워야 하는가? 사실 직접적인 현실은 이런 말들보다 후졌다. 등단 초기 한 남성작가에게 '소설을 잘 읽었다'는 문자를 받은 적이 있는데, 그는 대뜸 여성 인물이 유산 후 더 이상 젖이 나오지 않는다고 되뇌는 내 소설의 한 장면을 토씨 하나 빼놓지 않고 타이핑해서 나에게 보내왔다. 내가 '이것은 성희롱이다'고 반박하니, 그는 이렇게 말했다. "이건 당신이 쓴 소설의 한 대목인데 그대로 보여주는 것이 어째서 성희롱인가?" 그렇다. 나는 내 소설의 한 대목으로 성희롱을 당한 것이었다. 그때 나는 여성작가의 운명에 대해 심각하게 고민했다. 그것 때문은 아니었지만 나는 최종 퇴고 과정에서 그 대목을 삭제했고, 이후에도 그 대목을 떠올리면 불쾌한 기분에 사로잡혔다. 그가 말한 대로 내가 쓴 소설의 한 대목이었는데도. 그 외에도 "당신이 쓴 소설을 보니 당신은 상처가 많을 것 같다"고 다가오는 남성들. 이런 경우를 어떻게 효과적으로 처리할 수 있는지 나는 여전히 알지 못한다.

고등학생 때 처음 독서실에서 스스로 소설이라 확신했던 작품을 완성한 후, 나는 일기에 이렇게 썼다. "그냥 하는 이야기면 이상하다고 아무도 안 들어줄 텐데 소설이라고 하면 누구든 들어줄 것 같다. 그게 좋다." 그러나 소설가가 된 후 오히려 그러한 애초의 의지 혹은 감상으로부터 멀어져 자신이 없어진다는 것을 깨닫는다. 그게 내가 여성작가로서 어느 정도는 내적 식민화를 겪고 있다는 증거다. 이것은 이야기일 뿐이며, 화자와 작가를 분리하는 것이 소설 장르의 기본 전제라는 것은 중학생들도 알고 있다. 그러나 진짜 현실 속에서 여성작가는 여성 시민으로서, 즉 열등 시민으로서 겪었던 곤경만큼이나 이중의 부담을 안고 있다. 하물며 나는 지금껏 연애소설을 써보지도 못했다. 여성 화자의 목소리를 경계하는 것만큼이나 여성 화자의 연애 드라마를 경계했기 때문은 아닌가. 이 자문에 바로 그렇다고 인정하는 일이 내게는 무척 슬픈 일이다. 남성들의 이야기에서 다루어지듯 여성 화자가 내적 모순을 발견하고 자신을 비하하거나, 다른 여성 캐릭터를 솔직하게 비하할 수 있는 세상도 내게는 도래하지 못했다. 그런 이야기는 손쉽게 '여성의 적은 여성'으로 환원될 것 같아서 두려웠다고, 그런 외압 때문에 눈치 보는 용기 없는 작가라는 인정을 하지 못하는 것도 당연하다. 결국 작가로서 어떤 순결주의에 갇혀 있을 뿐만 아니라 작가라는 타이틀을 가진 인간으로서의 자신도 지나치게 의식하고 있다는 것 아닌가.

그러나 자기비하를 그만하고 싶다. 창작 과정에서의 여러 고민은 작자로서 당연한 것이다. 다만 여성주의를 알게 되었을 때, '그것이 사실 내 잘못이 아니라는 것'을 알게 되었던 놀라운 순간들처럼, 더 이상 여성작가로서 쓸데없이 가져야 하는 압박과 죄책감으로부터는 조금 자유로워지고 싶다. 나는 어쨌거나 이야기의 힘과 매혹을 믿고 살아가는 사람이다. 그리고 이야기가 현실의 조건들과 동떨어질 수 없다는 것 또한 알고 있다.

기세등등한 중년 남성작가들이 “네 소설 결말에 조금 불안한 구석이 있어, 우울한 여성작가 소설로 빠질 기미가 보인다고” 하는 말을 충고랍시고 하는 동네가 이른바 문단이라는 것도 인정해야겠다. 문단의 일부에서는 분명 그런 정황이 포착되고 있다. 오랫동안. 그렇듯 생물학적 성이 여성인 작자가 창작한 이야기는 ‘우울한 여성작가 소설’의 범위 안에 손쉽게 포획되어버릴 수 있다. 사실상 모든 소설을 ‘우울한 현대인의 자기 이야기’라고 해석해버리면 그만인 것처럼. 그런 말을 듣고 눈치 보며 쩔쩔매던 게 작자인 나 자신이었다. 그자들의 눈치를 본 것이 아니라, 눈에 보이지 않는 어떤 ‘최후의 심판대’를 의식한 것이었다고 변명해도 같은 이야기일 뿐이다.

이 짧은 글을 쓰면서 내적으로는 성인이 되어 소설을 쓴 그 모든 시간을 통과했고, 기어이 마감하기까지 끔찍한 어느 한 시기를 통과하고 있다. 2016년 가을의 비명을 영영 잊지 못할 것이다. 글쓰기가 좋아서 부모를 졸라 비싼 등록금을 마련해 예술고등학교에 갔던 소녀들이, 몇 줄의 문장에 속수무책으로 매혹되어 청춘의 숱한 밤을 습작하며 지새웠던 우리들이 현실의 진짜 피해자 이름으로 이야기하고 있다. 문학은 누구에게나 사랑과 증오를 동시에 선사한다는 사실조차 순진하게 여겨지는 지금을 어떻게 통제해야 할지 모르겠다. 어떤 작가들이 사람들의 미래를 함부로 유용 내지 전용했고, 이 서술에서 나는 '작가'와 '사람'을 동일시하지 못한다. 글쓰기조차, 매체에 발표할 수 있는 나의 어떤 권력조차 참담한 지금이다. 이런 진술도 그저 나를 위해서라는 혐의가 마지막 문장에서 다시 발생하고 있다.

선생님은 작가시죠,
아마도?

아무리 교만한 여성작가라도 12월까지는
고사하고 1월 한 달간이라도 버텨줄 만큼
굳건한 자아를 확립하러 나선 이상은 철야를 면할
도리가 없다.

『알고 싶지 않은 것들』•

원고를 생각하는 내내 나는 데버라 리비가 받았다던 그 질문을 떠올렸다. "당신 작가 아닌가요?" 지금

• 데버라 리비, 『알고 싶지 않은 것들』, 이예원 옮김, 플레이타임, 2018. 27쪽.

나는 얼굴을 달리한 수많은 저 질문들 앞에 놓여 있다. 나는 데뷔 후 10년에 달하는 시간 동안 스스로를 '작가'라고 당당하게 소개하지 못했고, 일터에서 만난 사람들에게는 그저 '학생'이라거나 '공부하는 사람'으로 자신을 설명하기 일쑤였다. 언제가 되었든 내가 만난 애인들은 내가 소설을 쓰는 사람이라는 것을 곧장 알게 되었지만, 지금껏 나를 정말로 위로해주는 애인을 단 한 명도 만나보지 못했다고 자처하는 나로선 그 사실도 별달리 위안이 되지 않는다. 뭇 사람들에게 단번에 내 일을 소개하지 못한다는 소소한 에피소드를 떠나서, 나에게 굳건한 작가적 자의식은 요원한 일이었다.

한편 나는 어지간한 작가들보다도(감히 말하자면), 인생의 꽤 많은 부분을 작가적 자의식으로 점철한 시간들을 보냈다. 아주 어린 시절부터 글을 썼고, 대학에서는 문예창작을 전공했으며, 스물다섯 나이에 소설가로 데뷔했다. 문학이 아닌 다른 전공을 가졌거나 다른 분야의 일을 하다 온 사람들을 보면 질투심에 젖곤 했다. 나에게는 문학밖에 없었는데, 저 사람들은 다른 것을 해보고 왔구나, 그러면서 더 좋은 곳이 없어

매번 돌아올 수밖에 없었던 내 처지를 탓해보기도 했던 것이다. 작가적 자의식이라는 것은 언제나 부끄러움을 동반하곤 했는데, 내가 쓰는 글은 잘 팔리지도 않는 글일뿐더러 자기가 작가라는 사실을 내세워봤자 유세밖에 되지 않는다고 생각했다. 그리고 지금도 여전히 그 질문 앞에 놓여 있다.

데버라 리비의 글을 읽으며, 자연스레 어린 시절을 떠올렸다. "일곱 살 나이에 내가 처음으로 이해하기 시작한 사실이 있었다. 다들 안전하다고들 말하는 사람과 같이 있으면서 안전하지 못하다고 느끼는 때가 있었는데, 이와 연결되는 사실이었다." 나는 이 문장을 오래 기억했다. 내게 일종의 원년처럼 남은 1991년, 나는 그 느낌을 처음으로 받게 된다. 가족들과 함께 있을 때였다.

어른들의 말에 귀 기울이는 것은 짜릿하면서도 언제나 공포스러운 경험이었는데, 내가 만약 그 시절부터 어른들이 하는 이야기에 집중하지 않았다면 과연 작가가 될 수 있었을는지 모르겠다. 내가 태어나기 전 사촌 언니 둘을 해외입양 보냈다는 사실을 몰랐다면. 어느 날 천호동 성매매 집결지를 지나는 차에서 낄낄거리던 어른들을 본 끔찍한 순간이 없었다면. "박정희가 사람은 많이 죽였어도 우리나라 살린 대통령이었어." 이런 말을 어른들이 종종 나눈다는 것을 미처 알지 못했다면. 내가 싸워야 하는 세계가 '알고 싶지 않은 것들'로 점철되어 있고, 정말이지 나는 그것을 알고 싶지 않았으며, 그럼에도 불구하고 알았을 때 알기 전으로 돌아갈 수 없다는 것을 깨닫지 못했더라면.

1991년에 인상적인 두 장면이 있다.

나는 얼마 전 1991년을 배경으로 하는 한국영화의 한 장면을 우연히 보게 되었는데, 안경을 쓰고 운전하던 여배우가 신호에 멈춰서 이렇게 말했다. "서울도 이제 차가 무지 많아요. 1999년쯤에는 도로가 포화 상태가 될 거예요." 그 말과 동시에 신호가 바뀌었고 그녀는 다시 유영하는 물고기처럼 흘러갔다. 그때 그녀의 옆을 지나가는 차, 아마도 그 시절에 유행했을 베이지색 소형차를 보면서 나는 거기 탄 듯한 환상에 사로잡혔다. 거기 탄 건 나다. 뒷좌석에 세 살배기 동생과 함께 앉아 있었고, 운전석과 조수석에는 고모와 고모부가 있었는데, 그들은 옆 차선의 차를 보고 중얼거린다.

"납치당한 것 같아."

그리고 믿어지지 않게도, 그들은 웃는다. 나는 그 차를 봤다. 고통스럽게 얼굴을 찌푸린 여자가 차창에 얼굴을 박고 있다. 고모는 얼른 내게 주의를 준다. 앞에 봐, 쳐다보지 마. 나는 겨우 일곱 살이었고(아직도 그 순간이 떠오를 때면 이렇게 스스로에게 변명한다), 어른의 말을 거역해본 적이 별로 없었고, 입안에 맴도는 말, "신고해야 돼요"를 용기 있게 내뱉지 못한다.

거긴 아마 서울 도심 어디쯤의 8차선 도로였던 것 같다. 차창에 박힌 여자의 얼굴은 수천 번 뭉개진 채로 내 머릿속에 박혀 있다.

그리고 또다시 1991년 어디쯤, 천호동 성매매 집결지를 지날 때. 여기가 어디였는지 정확히 기억한다. 그곳이 어디였는지는 시간이 지날수록 점점 더 명확하게 밝혀졌으니까. 지금은 사라진 그곳은 이른바 '홍등가', 빨간 불빛이 도열한 곳이었다. 웬일인지 나와 어린 동생을 뒷좌석에 태운 고모와 고모부는 그곳을 지나며 즐거운 듯 낄낄거린다. 차창에 란제리만 입은 언니들이 달라붙어 호객을 했고, 고모부는 속도를 높였다. 그때 운전석 차창을 두드리던 소리, 이번에는 쳐다보지 말라는 주의도 주지 않고 낄낄거리며 나를 방치하는 고모. 저것 좀 봐라, 웃기지? 나는 눈을 질끈 감는다. 착한 아이여서가 아니라 정의로운 아이여서가 아니라 그저 견디기 힘들었기 때문에.

왜 그랬을까.

부모는 왜 나를 안전하지 않은 뒷좌석에 매번 맡겨둔 걸까, 생각한다. "사람은 많이 죽였어도"라는 말을 사용했고, 납치당한 것으로 보이는 정황을 목격하고도 웃고 넘기며, 어린 조카들을 태우고 성매매 집결지를 마치 관광하듯 지나던 어른들과 왜 나는 함께 있었을까. 왜 나는 거기 있었을까, 생각하며 그런 경험들이 쌓여 나를 작가로 만든 것이기도 하지만 한편으로는 그런 기억들은 한 사람을 영원히 상처받게 한다는 분명한 사실을 상기한다. 나는 어른들의 세계가 끔찍이도 싫었다. 왜 저들은 아무렇지 않게 혐오발언을 내뱉고, 약한 자를 짓밟으려 하며, 다른 사람의 고통에 무심하다 못해 자주 그것을 농담거리나 웃음거리로 삼는지 이해하지 못했다. 이해하지 못했기에 알려고 애썼지만 지금도 어떤 것들은 알지도 이해하지도 못하며 영원히 내가 '이해하거나 알아야 하는' 종류의 일들이 아니라는 것을 이제는 안다. 전쟁문화, 강간문화, 차별문화에 익숙한 어른들이 말하는 영원히 미스터리한 말들을 해독하려고 공부했고 글을 썼다. 또한 여기서 데버라 리비의 말을 생각한다. "여자애들은 큰소리로 말해야 돼, 우리가 뭐라건 어차피 아무도 안 듣거든."

대학에 입학한 그해 소설창작 세미나 시간에 이런 이야기를 털어놓았다. 그곳은 나같이 글쓰기 좋아하는 애들이 모인 곳이었고, 원하면 언제든 술, 담배와 연애를 해도 좋은 곳이었다. 술에 취해서 쓰러져도, 담배를 줄창 몇 갑이나 피워대도, 시끌벅적한 연애 사고를 일으켜도 곧장 회복할 수 있는 곳이었다(고 그땐 믿었다). 자유로운 캠퍼스란 여학생들에게는 안전하지 않은 곳이었고, 자유에 취해 객기 부리는 여학생은 오랫동안 소문에 시달려야 한다는 걸 그땐 몰랐으니까. 내가 믿기로 교수건 학생들이건 나와 같은 종류의 사람들이었으니까, 나는 어린 시절의 내 안전하지 못한 경험들을 털어놓는다. 학우들은 대체로 내가 겪은 일이 일종의 아동학대였다고 진단했고, 교수는 스무 살인 내가 지금도 그 경험을 선명하게 기억하고 재의미화하는 것이 소설을 쓰는 데 있어서 '큰 재산'이 되리라고 평가했다. 큰 재산! 두 경험 외에도 많은 것을 털어놓았는데……. 그 무렵 아파트 복도에서 중학생에게 성추행을 당했던 것, 부모에게 시시때때로 얻어맞았던 것, 길거리에서 외모 평가를 받고 놀림당한 것 등등……. 그것들도 재산이 될 수 있을까. 교수는 나에게 너는 누구보다 '재산이 많은' 사람이라고도 말했다.

"여성작가는 자기 인생을 지나치게 또렷이 느낄 형편이 못 된다. 그리할 경우 그는 차분히 글을 써야 할 때 분노에 차 글을 쓰게 된다", "그는 자신의 신세와 전쟁 중"이라는 버지니아 울프의 말을 인용한 데버라 리비의 저 구절을 지금 떠올린다. 나는 지금 이 글에서도 자유롭지 못하기 때문이다. 어린 시절의 어떤 경험들이 나를 작가로 만들어준 건 분명한데, 그것이 정말 작가적 자의식을 위한 재산이었다면, 상처를 무릅쓰고도 떠안아야 할 만큼 고귀한 무엇이었나? 내가 작가라는 사실을 떠올릴 때마다 호출한 질문이었고, 그것이 사사롭게는 뭇 사람들 앞에서 나를 선뜻 작가라고 소개하지 못한 까닭이기도 했다. 나 역시 그녀처럼, "작가가 되고자 나는 끼어들고, 소리 내어 말하고, 목청을 키워 말하고, 그보다 더 큰 소리로 말하고, 그러다가 종국에는 실은 전혀 크지 않은 나 자신의 목소리로 말하는 법을 배워야 했노라고" 술회한다. 그녀가 런던의 에스컬레이터 위에서 울음을 터뜨리듯 나는 소설을 쓰는 순간마다 과거가 나를 생각하고 있음을, 실은 어떤 과거의 순간들이 전혀 나를 놓아주지 않고 있음을 상기한다. 나는 1985년 서울에서 딸로 태어났고, 여학생으로 자랐고, 대학에서는 작가 지망생과 여학생 사이를 오갔으며, 사회에서는 여직원이었고 여성작가였으며 여성작가는 때로 '작가'라는 카운터스에 부딪힌다는 것도. 대학에서 지망생과 여학생 사이를 오갔듯 문단에서는 여성작가와 작가 사이를 오간다는 것을 알고 있고, 데뷔 초나 지금이나 내가 여성의 이야기를 쓸 때에 그것이 내 한계라고 종종 평가받았던 것도. 어쩌면 내가 외면하고 싶었던 작가적 자의식은 사람들이 한데 모여 꾸짖었던 여성작가의 자의식일는지도 모르겠다고 생각한다. 그리고 더불어 생각한다. 당신 작가 아닌가요. 이 질문은 나를 떠보려는 질문일 수도 있고, 그저 알고 있는 것을 재확인하는 당신 작가 아닌가요.

이 질문은 나를 떠보려는 질문일 수도 있고,

그저 알고 있는 것을 재확인하는

질문일 수도 있지만 나에게는

정체성을 쥐고 흔드는 질문이었다.

질문일 수도 있지만 나에게는 정체성을 쥐고 흔드는 질문이었다. 그리고 지금 그 질문을 쥐고 앉은 나에게 주어진 지면과 발언할 수 있는 기회라는 것은 얼마나 대단한 것인지에 대해서도 생각한다.

나의 오랜 친구 민정이

최은영(소설가)

민정이를 처음 만난 건 고등학교 3학년 때였다. 포털사이트 다음에 카페가 하나둘씩 열리던 때였는데 그중 한 카페에서 민정이를 만나게 된 거였다. 그 카페는 글쓰기를 좋아하는 청소년들의 공간이었다. 회원들은 그곳에 자기가 쓴 글을 올리고 서로의 글에 감상을 달아줬다.

나는 경기도 광명시에서 태어나서 부천과 안산으로 이사를 다니다 네 살에 다시 광명으로 와서 그때까지 쭉 광명에서만 살았다. 그런 이유로 그때까지는 다른 지역에 사는 또래들을 만날 기회가 없었다. 책을 좋아하는 친구들은 있었지만 나처럼 혼자 있는 시간에 허구의 세계를 쓰는 친구는 알지 못했다. 2001년에 다음 카페에 가입하고서야 전국 각지에 사는 나랑 비슷한 애들이랑 이야기를 나눌 수 있었다. 그때의 내게는 그래서 그 공간이 참 신기하고 재미있는 곳이었다.

회원 수가 그렇게 많지 않은 카페였다. 나랑 비슷한 경험을 하거나 비슷한 생각을 하는 사람들도 있었고 그러다 보니 서로에게 관심이 생기고 사적인 메일을 주고받게 되기도 했다. 아마 지금은 계정이 영구적으로 정지되었을 나의 한메일. 나는 그 한메일로 얼굴도 모르는 민정이랑 이런저런 메일을 주고받았다.

그때 나는 성인이 되기 직전이었고, 곧 미성년의 괴로움에서 벗어날 수 있으리라는 희망을 품고 있었던 것 같다. 하지만 시간은 더디게 가고 나는 아직도 고등학생이고…… 학교는 너무나 폭력적인 곳이었고. 민정이는 아직 고등학교 1학년이었기에 견뎌야 할 시간이 나보다 더 길었다. 민정이에게 동병상련을 느끼면서도 말이 통하는 느낌이 들어서, 내 마음이 민정이에 의해 이해되는 느낌이 들어서 위로를 받았다.

너는 진짜 유난이다. 너무 예민하다. 이런 이야기를 나는 어릴 때부터 자주 들었다. 지금 생각하면 교사 면허가 박탈되어야 할 수준의 폭력을 저지르는 어른들에게 상처를 받았다. 그리고 나를 더 힘들게 했던 건 그런 내 감정을 제대로 이해받지 못한 순간들이었다. 야, 그럴 수도 있지. 뭘 그렇게 심하게 받아들여. 그런 말들.

그 애들도 폭력적인 환경에 적응하기 위해서, 덜 아프기 위해서 그렇게 생각하고 말했던 거였지만 그런 상황에서 나는 늘 외로웠던 것 같다. 그러다 인터넷에서 만난 민정이랑 메일을 주고받으니 내 경험이 수용된다는 생각이 들었던 것이다. 우리는 참 마음 아픈 이야기들을 많이 주고받았다. 아무것도 모르는 남들이 본다면 온실 속 화초로 자란 애들처럼 보일지 모르겠지만 그런 게 아니었으니까.

정말 힘들었던 시간도 돌아보면 어느 정도 미화가 되고 의미가 있지만 내 고등학교 시절은 그렇지가 않았다. 나 자신도 사는 것에 너무 지치다 보니 나라는 인간 가능태의 가장 하위 버전으로 살았던 것 같다. 그때 내게 숨구멍이 되어준 것이 글쓰기였다. (글도 안 썼으면 상태가 더 안 좋았을 것이다.) 언젠가 직업으로서의 작가(어떤 장르의 글을 쓰게 될지는 몰랐지만)가 되리라는, 사람들이 내 글을 읽어주리라는 망상에 가까운 꿈이 힘든 현실을 조금이나마 위로해줄 수 있었던 것 같다. 이런 상태로 사는 친구가 적어도 내 주변에는 없었다.

민정이도 작가가 되고 싶다고 했다. 글을 잘 쓰고 싶다고. 돌아보니 우리는 정말 열정적인 아이들이었던 것 같다. 창백한 얼굴로 책가방을 메고 집과 학교를 오가면서도 마음속에서는 열정이 솟아오르는 고등학생들. 그러나 또 다른 나의 자아, 미래를 염려하고 불안해하는 현실적인 나의 자아는 내가 안정적인 직업을 가져야 한다고 주장했다.

몇 개월 후 나는 대학에 갔고, 그 카페의 처음이자 마지막 정모에 갔다. 2002년 봄이었고 그때 민정이를 나는 처음 만났다. 깊은 감정적 교류를 했지만 얼굴을 모르던 사람의 얼굴을 실제로 본다는 건 특별한 경험이었다. 직접 만나 이야기를 나눠본 민정이는 총명하고 진지한 사람이었다. (그리고 그때 받았던 총명하다는 인상은 지금까지도 민정이를 떠올리면 가장 먼저 드는 느낌이다.) 내가 대학생이고 민정이가 고등학생일 때도 우리는 계속 메일을 주고받았고 한번은 강남역에서 단둘이 만나서 이야기를 나누기도 했다.

시간이 흘러 민정이도 대학에 합격하고 하루는 광명시에 있는 우리 집에 놀러 왔다. 같이 〈니모를 찾아서〉를 보고 나란히 누워서 계속 이야기하다 잠들었던 기억이 난다. 지금 이 글을 쓰면서 그게 벌써 17년도 더 된 이야기라는 생각을 하니 놀라운 마음이 든다. 20년 전, 미성년자 시절에 만난 랜선 친구가 작가가 되어 산문집을 내는데 그 책에 내가 발문을 쓰고 있다는 사실이 꿈같다.

민정이가 대학에 입학할 즈음은 싸이월드의 부흥기였다. 나는 싸이월드 다이어리 기능을 이용해서 매일 이런저런 생각들을 끄적이고 이 사람 저 사람의 미니홈피를 들락날락했는데 예술대학교 신입생이 된 민정이의 생활도 미니홈피를 통해 볼 수 있었다. 민정이가 어떤 책을 읽고 어디를 가고 어떤 생각을 하는지 지켜보면서 민정이가 진지하게, 그리고 진심으로 글을 쓰는 삶을 향해 나아가고 있다고 느꼈다.

그걸 보는 나의 마음은…… 뭐랄까, 나는 그렇게 할 수 없다는 생각이 들었다. 그러니까 글을 써서 세상으로 나가면서 받을 수밖에 없는 상처를 받고 싶지 않았던 거다. 그게 남들의 평가든 나에 대한 실망이든 불확실함에 대한 두려움이든 그게 뭐든지 나는 겪고 싶지 않았다. 자족적인 글쓰기, 나를 위로하는 글쓰기, 혼자 쓰는 글쓰기도 좋아, 가치가 있어, 라면서 내 인생의 위험 부담을 지고 싶지 않았다. 상처받기 싫었으니까.

민정이는 이미 대학을 다닐 때부터 학교에서 글쓰기로 인정을 받고 상을 받았다. 민정이가 미니홈피에 쓰는 글은 단단하고 힘이 있고 이지적이고 자기 색깔이 있었다. 곧 책이 나와도 이상하지 않을 거라고 생각했다. 그 와중에도 나는 여전히 망설이고 있었고, 제대로 포기하지 못한 채로 빙빙 돌면서 단편소설 한 편의 초고도 완성하지 못했고, 원고지 10매를 쓰고 버리고, 20매를 쓰고 버리고, 그래, 어차피 작가가 될 수도 없잖아, 아니야, 그렇지만 나도 쓰고 싶어, 그런 생각 속에서 방황만 하고 있었다. (참 비겁했지만 그런 나를 비난하고 싶지는 않다. 그게 그때 내 최선이라고 생각한다.

모두에게 각자의 때가 있으니까.)

민정이가 장래에 대해 이야기할 때, 취미 생활이 아니라 직업으로서의 글쓰기에 대한 이야기를 진지하게 할 때 나는 조금 움츠러들었던 것 같다. 그러면서 나는 서른이 될 때까지 해서도 안 되면 그냥 포기해버릴 거라고 얘기했다. 제대로 해본 적도 없으면서. 그때는 서른도 아주 먼 미래처럼 여겨져서 그렇게 말했던 것 같다.

스물여섯에 백수로 몰타에 가서 있을 때 민정이에게 연락이 왔다. 신인상 공모전에 글을 냈는데 최종심에 올랐다는 이야기였다. 글쓰기에 대한 내 마음이 완전히 식어 있었다면 그런 연락을 받고도 대수롭지 않았을 텐데 그 연락을 받은 날 나는 아무렇지 않을 수가 없었다. 누군가는 직업으로서의 소설가가 된다는 걸 알았지만 나는 실제로 내 주변에서 그런 사람을 본 적이 없었고, 이렇게까지 도전하는 사람조차 알지 못했었다.

그런데 민정이가 내게는 너무 멀고 비현실적으로 느껴지던 일에 도전했고 다음 단계로 가는 문을 열었던 것이다. 나도 민정이처럼 도전해보고 싶다. 나도 민정이처럼 수준이 있는 글을 완성하고 싶다.

어떤 평가를 받든 해보고는 싶다. 내 마음속에서 오래 숨죽이고 있던 목소리들이 튀어나오기 시작했다.

민정이는 최종심에 오른 같은 해에 데뷔를 했고 이듬해에 출판 계약을 했다. 정말로 자기 이름으로 된 책을 내게 된 거였다. 내가 다치고 싶지 않아 이리저리 피해 다니던 그때, 민정이는 성장의 상처를 두려워하지 않고(물론 두려웠겠지만) 자기 자신을 갱신하는 글쓰기를 해냈다.

나는 그로부터 4년이 지나고 민정이가 데뷔한 잡지에서 데뷔했다. 그 순간은 기뻤지만 이후 첫 책이 나오기 전까지의 시간은 많이 두렵고 외로웠다. 이름 없는 신인에게 청탁의 기회는 드물었고, 그나마도 잘해내지 못하면 다음 기회가 없을지도 모른다는 생각이 사라지지 않았다. 잡지사에 투고하면 번번이 떨어졌는데 반려된 사유조차 받지 못한 경우도 있었다. 그때 민정이 생각을 많이 했다. 서른이 넘어서 이 일을 겪는 나도 마음이 크게 흔들리고 정신을 온전히 붙잡고 있기가 어려운데 이십 대 중반이라는 어린 나이에 작가로 험한 세상에 나온 민정이가 자기 길을 닦아나가는 것이 얼마나 힘든 일이었을지를.

갓 데뷔한 나를 불러놓고 자기 회사와 계약하지 않으면 내 첫 번째 소설집에 내 데뷔작을 싣지 못하도록 힘을 쓰겠다고 말하던 어떤 아저씨가 있었다. 지금 생각해보면 어처구니가 없는 일이지만 법을 모르고, 출판의 세계를 모르던 나에게는 큰 위협으로 다가온 경험이었다. 아무것도 모르고 자리에 나갔다가 봉변을 당하고 나서 나는 민정이에게 전화해서 내 소설의 저작권이 정말 나에게 있는 건지 물었다. 민정이가 '언니, 언니 소설의 저작권자는 당연히 언니야'라고 내게 말하던 목소리가 떠오른다. 민정이의 목소리를 들으며 안도하면서도 나보다 몇 년 앞서서 작가 생활을 시작한 민정이가 어린 여성작가로서 많은 상황과 싸워왔으리라는 생각이 들기도 했던 기억이 있다.

생각해보면 우리는 참 드문 인연인 것 같다. 같은 학교를 다닌 적도 없고, 같은 지역에 산 적도 없고, 같이 일을 해본 적도 없는데 21년째 서로를 알고 있다. 서로의 생활을 공유하지는 않지만 나는 내 인생이 민정이의 인생과 계속해서 이어져 있다는

생각을 하곤 한다. 우리 둘 다 아주 어린 시절부터
책을 쓰는 꿈을 꿨고 결국 그렇게 살게 되었다.
우리의 꿈이 우리를 이렇게 오래 이어준 것일까.

얼마 전에 민정이는 자신의 혼인 성사의
증인으로 나를 초대했다. 나는 민정이의 바로 옆에
서서 민정이가 혼인 서약을 하는 것을 지켜봤다.
민정이의 옆에 서 있자니 우리가 서로의 지난 시간에
대한 증인이라는 생각이 들었다. 나는 민정이를
민정이의 글로 처음 만난 사람이고 그 이후로도
계속해서 민정이의 글을 따라 읽으며 살았다.
민정이도 그랬으니 어떤 의미에서 우리는 서로에게
가장 오래된 독자라고 말할 수도 있을 것 같다.

민정이의 산문은 뜨거운 생각과 감정을 끝까지
응축하고 두드려서 단단하게 만든 커다란 칼 같다.
읽으면 마음이 아프고 동요되면서도 작가가 끝까지
쓰는 사람으로서의 나르시시즘을 경계하고 있다는
걸 느끼게 된다. 이런 산문을 쓸 수 있다는 건 귀한
능력이라고 생각한다. 읽을 때 몰입하게 하고 책장을
덮으면 뒤돌아 계속 생각하게 하는 글. 이런 글을
쓰기 위해 민정이가 지금까지 얼마나 고민하고
노력했는지가 느껴졌다.

나는 우리가 앞으로도 계속해서 나아가기를 바라고, 더 좋은 글을 쓰기를 바라고, 살며 웃을 일이 지금보다 훨씬 더 많기를 바라고, 더 많은 모험을 하기를 바라고, 더 용기를 내서 살기를 바라고, 우리가 우리 자신이 되어 자유로워지기를 바란다. 지난 시간이 쉽지 않았으니까. 과거의 우리가 애써서 만나려고 했던 지금의 우리를 잘 돌보고 아끼기를, 그렇게 과거의 우리에게 빚을 갚아주고 우리 자신을 더 많이 사랑해주기를 바라본다.

우리가 계속해서 더 멀리 가는 작가가 되기를 바라며.

나가며

이 산문집에 실린 글들은 꽤 오랜 시간에 걸쳐 쓴 글들이다. 2014년 무렵부터 신문기사, 문예지, 웹진 등을 통해 발표된 글들도 있고, 출간을 위해 새로 쓴 글들도 있다. 매체의 양식이나 성격에 따라서 문체나 플롯이 조금씩 다르다. 그리고 무엇보다도 출간을 위해 새로 쓴 글들은 내가 평소에 발표하는 글들에 비해 다분히 '감정적'이다. 비밀 일기 말고는 단 한 번도 내보인 적 없는 것 같은 정념이 서려 있다.

2009년 등단 후, 나의 당면 과제는 '나는 어떤 작가가 될 것인가'였다. 그 전까지의 목표는 아주 잘 쓰인 한 편의 소설, 그러니까 예심과 본심에서 다른 작품들과 겨룰 만한 등단작을 쓰는 것이었다. 등단한 후에는 수없이 이루어지는 평가 안에서(현장 비평의 주요 작품이 되었다는 이야기가 아니다. 오랫동안 비평장에서 외면받았던 경험 역시 나는 평가의 일부라고 생각했다) 나라는 작가가 어떤 방식의 소설을 쓰는지, 그런 종류의 테크니션으로서의 정당한 평가를 받고자 노력했던 것 같다. 자타공인 내게 일종의 전환점이 되어준 작품은 2016년에 발표한 단편 〈행복의 과학〉이었는데, 어느 날 새벽 선잠에서 깨어 몇 시간을 꼬박 미친 듯이 썼던, 그렇게 즐겁게 썼던 소설이었기에 이후 좋은 평가를 받았던 것이 참 고마웠다. 내가 나를 배반하지 않았고, 무엇보다 내가 즐거웠고, 이런 소설을 계속 쓸 수 있다면 인생이야 좀 더 고단해도 좋으리라고 생각했으니까.

그리고 소설을 쓰기 때문에 행복한 순간들은 생각보다 꽤 많았다. 글을 쓰지 않았다면 어떤 인간이 되어 있을까. 아직도 때론 자기 자신에 대한 연민에서 벗어나지 못하면서, 자기가 쓴 문장을 떠올리면 울컥하는 그런 바보 같은 짓거리도 하면서, 그러면서도 글을 쓰는 사람이라서 다행이라고 생각한다.

행복한 사람이 되어 불행을 상상하는 소설을 쓰고 싶다. 그렇기에 이 책에는, 글보다 삶에 대한 이야기가 더 많아 보인다. 학생 시절에 나는 세속적인 행복을 꿈꾼다는 것 자체가 불온한 일이라고 생각했다. 워낙 건강하고 존중받는 삶을 오랫동안 살아보지 못했기에, 그리고 많은 선배들이 불행은 네 글의 재산이 되어줄 것이라고 했기에. 그러나 아니다. 나는 누구에게도 그렇게 말하지 않을 것이다. 무조건 행복해지자고 할 것이다. 그리고 자신을 불행하게 만들려는 인간이 있다면, 당장 멀리하고 처단하고 복수하라고.

어린 시절의 나를 떠올리는 것만으로도 고통스럽고 고단할 부모님께, 나에 대해 끊임없이 질문하고 나를 이해해보려고 노력하는 남편에게, 그리고 산문집을 낼 용기를 주신 황민지 팀장님께 감사드린다.

2021년 여름, 박민정

참고한 책들

1. 나는 그저 가만히 있어, 담배도 피우지 않고 이렇게

박서원, 「무덤으로부터의 유년」, 『박서원 시전집』,
최측의농간, 2018.

박서원, 「苦行」, 『박서원 시전집』,
최측의농간, 2018.

박서원, 『천년의 겨울을 건너온 여자』,
동아일보사, 1998.

박서원, 『이 완벽한 세계』,
세계사, 1997.

최진영, 『나는 왜 죽지 않았는가』,
실천문학사, 2013.

최진영, 『구의 증명』,
은행나무, 2015.

블라디미르 나보코프, 『롤리타』, 김진준 옮김,
문학동네, 2013.

2. 타인의 역사, 나의 산문

라나지트 구하, 『역사 없는 사람들』, 이광수 옮김,
삼천리, 2011.

사노 신이치, 『도쿄전력 OL 살인사건』, 류순미 옮김,
글항아리, 2018.

박민정, 「행복의 과학」, 『아내들의 학교』,
문학동네, 2017.

박민정, 「세실, 주희」, 『바비의 분위기』,
문학과지성사, 2020.

개브리얼 제빈, 『비바, 제인』, 엄일녀 옮김,
루페, 2018.

대니얼 래저린, 『반박하는 여자들』, 김지현 옮김,
미디어창비, 2019.

최정희 · 지하련, 박진숙 엮음, 「체향초」, 『도정』,
현대문학, 2011.

강소희, 「근대 여성소설의 수행성 연구
: 백신애, 이선희, 지하련을 중심으로」,
이화여자대학교 대학원 석사학위 논문, 2016.

류진희, 「해방기 탈식민 주체의 젠더전략
: 여성서사의 창출을 중심으로」,
성균관대학교 대학원 박사학위 논문, 2015.

3. 선생님은 작가시죠, 아마도?

박민정, 「인터뷰-텍스타일 아티스트 정희기 '기억에서 멀어지는 대상들을 시각화하는 작업'」, 문장 웹진 3월호, 2018.

박민정, 「당신의 나라에서」, 『아내들의 학교』, 문학동네, 2017.

박민정, 「인터뷰-패션모델 박민지 "모델은 비어 있는 육체, 요즈음의 아름다운 것들을 거기 채워 넣는 일"」, 문장웹진 4월호, 2018.

길리언 플린, 『나는 언제나 옳다』, 김희숙 옮김, 푸른숲, 2015.

인아영 외, 「문학은 억압한다」, 『문학은 위험하다』, 민음사, 2019.

박민정, 「버드아이즈 뷰」, 『아내들의 학교』, 문학동네, 2017.

박민정, 『유령이 신체를 얻을 때』, 민음사, 2014.

데버라 리비, 『알고 싶지 않은 것들』, 이예원 옮김, 플레이타임, 2018.

잊지 않음

초판 1쇄 2021년 8월 10일

지은이 박민정
펴낸이 박진숙 | **펴낸곳** 작가정신
편집 황민지 김미래 | **디자인** 이아름
마케팅 김미숙 | **홍보** 조윤선 | **디지털콘텐츠** 김영란 | **재무** 오수정
인쇄 및 제본 영림인쇄

주소 (10881) 경기도 파주시 문발로 314
대표전화 031-955-6230 | **팩스** 031-944-2858
이메일 editor@jakka.co.kr | **블로그** blog.naver.com/jakkapub
페이스북 facebook.com/jakkajungsin
인스타그램 instagram.com/jakkajungsin
출판 등록 제406-2012-000021호

ISBN 979-11-6026-236-0 03810